Season 19

▲ Episo

▶ Episode 6

Season 19

▲ Episode 3

▶ Episode 1

▲ Episode 3

相棒 season19

上

脚本・輿水泰弘ほか／ノベライズ・碇 卯人

朝日文庫

本書は二〇二〇年十月十四日～二〇二一年三月十七日にテレビ朝日系列で放送された「相棒　シーズン19」の第一話～第七話の脚本をもとに、全六話に構成して小説化したものです。小説化にあたり、変更がありますことをご了承ください。

相棒 season19 上 目次

＊小説版では、放送第一話「プレゼンス」（前篇）および第二話「プレゼンス」（後篇）をまとめて一話分として構成しています。

装幀・口絵・章扉／大岡喜直（next door design）

杉下右京　警視庁特命係係長。警部。

冠城亘　警視庁特命係。巡査。

小出茉梨　家庭料理〈こてまり〉女将。元は赤坂芸者「小手鞠」。

伊丹憲一　警視庁刑事部捜査一課。巡査部長。

芹沢慶二　警視庁刑事部捜査一課。巡査部長。

出雲麗音　警視庁交通機動隊より刑事部捜査一課に異動。巡査部長。

角田六郎　警視庁組織犯罪対策部組織犯罪対策五課長。警視。

青木年男　警視庁サイバーセキュリティ対策本部特別捜査官。巡査部長。

益子桑栄　警視庁刑事部鑑識課。巡査部長。

大河内春樹　警視庁警務部首席監察官。警視正。

風間楓子　『週刊フォトス』記者。

中園照生　警視庁刑事部参事官。警視正。

内村完爾　警視庁刑事部長。警視長。

衣笠藤治　警視庁副総監。警視監。

社美彌子　警視庁総務部広報課長。警視正。

甲斐峯秋　警察庁長官官房付。

相棒

season

19 上

第一話

「プレゼンス」

一

バンッ――。

乾いた破裂音が聞こえたと同時に、右の肩口に焼けるような激痛が走った。またがっていた白バイもろとも横倒しになる。

閑静な住宅街の人気《ひとけ》のない交差点近くの道路上に投げ出された出雲麗音《いずもれおん》は、意識がもうろうとしていた。白バイのバックミラーがぼやけた視野に入る。みるみるうちにおびただしい量の血が道路を染めていき、麗音は自分が何者かに背後から銃で撃たれたことを悟った。

右手はまったく動かなかった。腰につけた無線機のスイッチを左手で苦労しながらオンにする。これでヘルメットに装着したヘッドセットで話せるようになった。麗音は息も絶え絶えに報告した。

「出雲です。撃たれました」

応答したのは警視庁交通機動隊本部の副隊長である尾沢健志《おざわたけし》だった。

――撃たれた？

怪訝《けげん》そうな上司に懸命に訴える。

「たぶん拳銃で」

――おい、マジで言ってるのか⁉

「かなりヤバいです」左手を右の胸に当てると、グローブにべったりと血がついた。思わず毒づいてしまう。「畜生……死にたくねえよ……」

遠のいていく意識の中に、尾沢の声がかすかに届いた。

――出雲！　大丈夫か⁉　応答しろ！


「ご苦労さまです」

現場に到着した警視庁捜査一課の芹沢慶二《せりざわけいじ》が、白い手袋をはめながら、初動捜査を進めていた捜査員に声をかけた。麗音の白バイは脇道に停まったままだった。

芹沢の隣を歩いていた伊丹憲一《いたみけんいち》は、遺留品の捜索に余念がなさそうな鑑識課の益子桑《ましこそう》栄《えい》を見つけ、近づいた。

「おい、弾丸《たま》、貫通したんだってな」

「ああ、だからいま、必死こいて捜してる。おい、鑑識中、気安く入ってくんなって言ってんだろ！」

「はいはい」伊丹が鼻を鳴らす。「ケチくせえこと、言うなよ」

「貫通したのが不幸中の幸いとなるか」

銃撃された白バイ隊員を気遣う芹沢に、伊丹が悲観的な見通しを語った。

「実際のとこ、助かりゃめっけもんって状態らしいぞ」

救急病院の手術室で、麗音の緊急手術がおこなわれている頃、警視庁の刑事部長室では、内村完爾《うちむらかんじ》が刑事部の幹部たちを前に吠えていた。

「警察官に仇《あだ》をなす不届き者めが。身内をやられて黙っていないのは、警察もヤクザも一緒だ！　とっとと下手人とっ捕まえて、思い知らせてやれ」

「はっ！」参事官の中園照生《なかぞのてるお》は刑事部長の命令を承ったあとで、耳元に口を寄せた。

「しかし部長、警察とヤクザを同列に語るのはいかがなものかと」

「そいつははばかりさん。俺は古風な人間なもんでな」

内村はまったく反省していなかった。


出雲麗音は強運の持ち主だった。手術は成功し、一命をとりとめることができたのだ。ただし、代償は大きかった。転倒した際に右肘を複雑骨折し、術後数カ月が経ったいまも、握力が十分には戻っていなかった。

その日も病院のリハビリ室でマットにしゃがんで機能回復訓練に励んでいると、ふいに尾沢が現れた。

「副隊長！」

すっくと立ち上がり、直立不動の姿勢で迎える麗音に、尾沢が言った。

「いいから座れ」

「失礼します」

一礼してマットに正座した麗音の隣に、尾沢も腰をおろす。

「前置きなしで言う。白バイ乗りに復帰は無理だ。日常生活に支障はないとはいえ、右肘の複雑骨折の後遺症は無視できない。ここはきっぱりバイクは諦めろ。気の毒だが」

麗音はきちんとそろえた膝の上で右手を握りしめ、悔しさをかみ殺して返事をした。

「はい」

「異動部署について希望があれば言え。これを機に非捜査部門へ移りたければ、そうするのもいいと思う」

立ち上がって去っていく尾沢の背中に、麗音は起立して深々と頭を下げた。

しばらくして、麗音がぼんやりとリハビリ室から出てくると、廊下の向こうからふたりの男が近づいてきた。ひとりは仕立てのよいスーツを一分の隙もなく着込み、メタルフレームの眼鏡をかけた中年男、もうひとりは濃い色のワイシャツの胸元をはだけた背の高い男で、同行者よりもひと回りほど若く見えた。

男ふたりがこちらに向かってお辞儀をしたので、麗音も訝《いぶか》しく感じながら会釈を返した。

眼鏡をかけたほうは警視庁特命係の警部、杉下右京《すぎしたうきょう》で、背の高いほうは同じく特命係の冠城亘《かぶらぎわたる》だった。


男たちの正体を知った麗音は、ふたりを病院の屋上に案内した。

「特命係って本当に存在したんですね」

感心したような口ぶりの麗音に、右京が「はい？」と返す。

麗音は屋上の隅にあったテーブル席を目で示した。

「どこか適当に。ここなら話ができます」

「相部屋の病室だと、さすがに憚《はばか》られますもんね」

そう言いながら亘が腰かけると、右京もその隣に座った。

「特命係は存在しないとお思いでしたか？」

麗音はふたりの正面に腰を落ち着けた。

「えっ？　ああ、都市伝説みたいなものかと。警視庁の陸の孤島とか言われても一種のおとぎ話、架空のストーリーだって思うじゃないですか。まさか現実に存在しているとは夢にも」

「なるほど」右京が苦笑した。

「で、リアルと対面してみてどうですか？　率直な感想を」

亘に訊《き》かれ、麗音が正直に答えた。

「墓場《セメタリー》のわりに、意外とちゃんとしてるなって」

「えっ？」

「墓守のイメージだったんで」麗音が軽く頭を下げる。「すみません。思ったことをついダイレクトに口走っちゃう、悪い癖です」

麗音が奇《く》しくも上司の口癖を発したので、亘は思わず反応してしまった。

「あっ、悪い癖って」

「なくて七癖、あって四十八癖。悪いという自覚があるだけ、上等ですよ」あてこすられた右京は亘を言い込めると、麗音に向き合った。「さて、思いのほか前置きが長くなってしまいましたね」

亘も本題に入る。

「長居しては申し訳ありません。懸命の捜査にもかかわらず、いまだ君を撃った犯人は捕まってない」

「ええ」麗音がうなずいた。

「事件が事件なだけに、総力を挙げているにもかかわらず」

右京が捜査情報を話した。

「なにより手がかりの少なさが、捜査の阻害要因であることは間違いありません。犯行現場に防犯カメラはありましたが、残念ながら犯人は映っていませんでした」

「聞きました。かろうじて、あたしが映ってただけだって」

「君の身体を貫いた弾丸は発見されたけど、一般的なフルメタルジャケット、38口径の拳銃が使用されたことが判明したのみ」

亘が口にした情報も、麗音はすでに聞き及んでいた。

「至近距離からの発砲だったから貫通したんだろうって」

右京が身を乗り出した。

「気配を感じたりは？」

「えっ？」

「背後に人の近づく気配です」

「感じていれば、もう少しマシな対処ができていたと思います。すみません、ちょっとおトイレに」

トイレというのは口実に過ぎなかった。麗音は席を外すと、病院内の公衆電話から尾沢に連絡した。

——特命係？

電話を受けた尾沢が訊き返す。

「はい。突然現れて」

――わかった。ちょっとこのまま待て。

「はい」


「あと数ミリずれてたら、大動脈を損傷してお陀仏《だぶつ》だったってことですからね。強運の持ち主ですよ、彼女」

亘が噂話をしていると、ようやく麗音が屋上に戻ってきた。

「お待たせしてしまってすみませんでした」

「さっそく続きですが、実は銃撃されたときのことをもう少し詳しくお聞きしたいと思いましてね、我々こうして押しかけてきた次第なんですよ」

「なんの予兆もなく、背後からいきなりズドンって聞いてますけど、いまになってなにか思い出したこととかない？」

右京が生真面目に説明すると、亘はフランクな口調で訊いた。しかし、麗音はふたりの前に立ち尽くし、表情を硬くしたまま口をつぐんでいた。

「どうかなさいましたか？」

異変を感じた右京に、麗音が突き放すように言った。

「事件についての聴取は滞りなく済んでますし、もしなにか思い出したことがあれば、然《しか》るべきところへ報告します」

「なるほど」

「陸の孤島の墓守に話すことなどないと」

事情を察して揶揄《やゆ》する亘を、右京がたしなめる。

「冠城くん」

「申し訳ありません」

麗音が態度を崩さないのを見て、右京は相棒に言った。

「ちょっとの間に、風向きが変わったようですね」

亘が天を仰ぐ。

「女心と秋の空。ああ、いま、真夏ですけどもね。お暇《いとま》しましょうか」

「ええ。どうも」右京は頭を下げて立ち去りかけたが、ふとなにか思いついたように振り返った。「ああ、問われるままにペラペラおしゃべりするのは正直、感心しませんからね。警察官たるもの、常に用心深くありたいものです」

麗音は今度こそ去っていくふたりの背中を、硬い表情のまま見送った。

その頃、写真週刊誌『フォトス』の編集部では、編集長の八津崎奨《やつざきすすむ》が、記者の風間楓《かざまふう》子《こ》に発破《はっぱ》をかけていた。

「おい、楓子！　白バイ隊員銃撃事件、続報ないのか？」

「いっこうに」

「なきゃでっちあげろ。テロに繋《つな》がらねえかな？　警視庁を標的にしたテロとかさ」

無茶な注文をつける編集長に、楓子は頰を膨らませた。

「警視庁を標的にしたテロリストが、白バイ隊員ひとり撃ってどうするんですか？」

「知るか！　そこをさもありなんと読ませるのがお前の腕の見せどころだろ」

言いたいことだけ言って去っていく編集長の背中に向かって、楓子が呆れたように言った。

「いくらなんでもテロは無理ですから。なんか探しまーす」


その夜、右京と亘は行きつけの家庭料理〈こてまり〉のカウンター席にいた。

「女将《おかみ》さん、マジですか？　あれ、ずっと貼っておくつもりですか？」

亘が話題にしていたのは、玄関の引き戸の外に貼られた「警察官立寄所」のステッカーのことだった。

小手鞠《こてまり》の源氏名を持つ芸者だった女将の小出茉梨《こいでまり》は、まるで意に介していないようすだった。

「いけません？」

「シャレがきつすぎるでしょ？」

「そうかしら？　でも事実、警察の方に立ち寄っていただいてますからね。いつもご贔《ひい》屓《き》にありがとうございます」

　小手鞠がわざとらしくお辞儀をした。

「俺らのせいで客が来ないいんじゃ困ります」

「たしかに、客足さっぱりですからねえ」

　右京が案じても、小手鞠は「ご心配なく」と笑うばかりだった。亘が不安を口にする。

「心配しますよ。潰れたら元も子もない」

「なんか誤解なさってません？」

「誤解？」

「わたしが生活のために、店《ここ》をやってるとでも？」

「違うんですか？」

「趣味ですよ。お店やりたいからやってるだけ。お料理したり、こうして、よもやまのお話が楽しいから。そもそも、ここの売り上げ、当てにしてませんし、とにかくいっさいお金には困ってません」

　きっぱり言い切る小手鞠に、亘が目を丸くした。

「それは失礼しました。通い出してずいぶん経ちますが、我々は大きな勘違いをしていたようです」

「はばかりながら、元赤坂芸者の小手鞠を舐めてもらっちゃ困りますわよ。資産形成バッチリですもの」

女将が大見得を切ると、亘がかまをかけた。

「芸者時代の華麗な人脈を駆使して殖やしましたか」

「貯蓄も投資もたしかな情報あればこそ」

「ハハァ、参りました！」

亘がカウンターに手をつき、大げさに頭を下げる。隣で、右京が徳利《とっくり》を掲げた。

「小手鞠さん、おかわり」

「はい、少々お待ちください」後ろを振り返った女将は、壁に飾られた豪快な筆致の漢詩の額を示した。「あ、これのせいかもしれないわね、お客さま来ないの」

亘が落款《らっかん》に目を向けた。

「それ、鶴田《つるた》翁助《おうすけ》内閣官房長官の揮毫《きごう》ですよね」

「ええ。厄除《やくよ》けに飾っておけっておっしゃるから、そうしてるけど。孔子《こうし》でしたっけ？」

と、博覧強記の右京が漢詩をすらすら読みあげた。

「『論語』からですね。『力足らざる者は中道《ちゅうどう》にして癈《はい》す。今女《いまなんじ》は画《かぎ》れり』。孔子が弱音を吐いた弟子を、自分が自分の可能性を信じないでどうするのだと励ましたことばですねえ」

「ありがたいことばよねえ」

「たしかに」亘は同意するしかなかった。

「しかし、厄除けならぬ客除けだとしたら、それこそシャレにもなりませんねえ」

そう言って右京は、猪口《ちょこ》を傾けた。

二

季節はめぐり、暑かった夏も終わり、秋風が吹きはじめた。白バイ隊員銃撃事件の捜査は暗礁に乗り上げ、捜査一課のフロアにはどんよりとした空気が漂っていた。

そんなある朝、パンツスーツに身を包み、段ボール箱をかかえたボブカットの女性がつかつかと入ってきて、捜査一課長のデスクの前に進んだ。女性は段ボール箱を足元に置くと、上体を斜めに傾けた。

「おはようございます。出雲麗音、本日付をもって捜査一課へ配属となりました！」

はきはきと挨拶する麗音に、課長はわずらわしそうに応じた。

「ご苦労。直れ」

「よろしくお願いします」

そんな麗音を、フロア中の男の刑事たちが興味深げに眺めていた。その中には伊丹と芹沢の姿もあった。

その伊丹と芹沢は、事前に刑事部長室に呼ばれ、内村から直々に命令を受けていた。伊丹がそれを確認した。

「いびり倒せってことですか？」

肘掛けつきの大きな椅子から、内村がおもむろに立ち上がる。

「身も蓋《ふた》もない言い方をするな」

内村の大きなデスクの脇に控えていた中園が、補足するように言った。

「手加減は無用、厳しく指導しろと、部長はおっしゃってるんだ」

「それで捜一から追い出せと」

意図をうかがう芹沢を、内村が制する。

「あからさまな物言いをするな」

中園が内村の思いを代弁した。

「結果、嫌気が差してケツを割るのは向こうの勝手だと、部長はおっしゃってるんだ」

「捜一は男の職場だ。婦女子には似合わん」

ぽろりと本音を漏らした内村に、伊丹が質問した。

「しかし、なんでまたあの女が捜一《うち》へ配属に？」

内村が壁にかかった丹頂鶴の絵に目をやった。

「鶴だ」

「ツル？」

内村のことばの意味を測りかねている芹沢に、中園が翻訳した。

「副総監の鶴のひと声だと、部長はおっしゃってるんだ」


その頃、特命係の小部屋に組織犯罪対策五課長の角田六郎《かくたろくろう》が駆け込んできた。黒縁眼鏡の角田は、取っ手の部分にパンダが乗ったマグカップを持ち、淡いピンクのニットのベストを着ていた。

「おい、聞いたか？」

亘と一緒に雑誌に目を落としていた右京が振り返った。

「ああ、おはようございます」

「おお、おはよう」

「『聞いたか』ってなにを？」

亘が先を促したが、角田はふたりが読んでいた雑誌が気になるようだった。

「あっ、いや。なんだ？　これ、どうした？」

「『フォトス』の最新号なんですけどね」

亘が誌面を角田の前に突き出す。そこには複数のスーツ姿の女性がレストランで食事をしているところを写したモノクロ写真が大きく載っていた。女性たちはワイングラスを手にしており、乾杯の瞬間のようだ。全員目の部分が黒い線で目隠しされていたが、中央に座る髪の長い女性が誰であるかは一目瞭然だった。角田が眼鏡をずりあげて見出しを読む。

「『広報課美人課長率いる女子軍団、その名もKGB』？　いやいや、これ、シャレにならんだろう」

「本文読むと、『警視庁ガールズボム』の頭文字を取って『KGB』だそうです」

亘が解説すると、角田は顔をしかめた。

「相変わらず喧嘩《けんか》売ってるねえ。これが、社美彌子《やしろみやこ》率いる女子軍団ってか？」

「で？」亘が角田に訊いた。

「ん？」

「いや、『聞いたか？』って」

「ああ！」角田が用件を思い出した。「聞いたか？　あの撃たれた白バイ隊員、なんと捜一に配属されたぞ」

右京の眼鏡の奥の目がわずかに輝いた。

「出雲麗音さんですか？」

「そうそうそれ。いやあ、さすがにびっくりだよ」

亘も驚きを隠せなかった。

「異例の人事ですね」

「異例中の異例だろ」

「なるほど。これは出雲麗音さんではありませんかね？」

右京が『フォトス』の写真の中のボブカットの女性を指差した。亘が目を近づける。

「たしかに彼女ですね」

「出雲麗音はKGBの一員ってことか」

角田のことばを、右京が認めた。

「そのようですね」


その日の昼、右京と亘はオープンテラスのレストランで社美彌子と一緒にランチをとっていた。『フォトス』にざっと目を通した美彌子が挑むように訊いた。

「だからなんだっていうの？」

右京が本題を切り出した。

「今回の異動劇にKGBが無関係だったのかどうか、いささか気になりましてね」

「警視庁ガールズボム。このネーミングはあの子かしら？」

美彌子が言うあの子とは、これまでも何度か接触のあった風間楓子のことだった。亘が認めた。

「『フォトス』でこんな記事書くの、彼女しかいませんよ」

「なかなか小洒落《こじゃれ》たこと、考えるわね」

右京が話を本題に戻す。

「で、いかがでしょうね？」

「こんなフェイクニュースで大騒ぎするなんて、ふたりも焼きが回ったわね。だってこれ、ただの女子会よ」

「でも、課長がこれだけの女性陣を率いていれば、抵抗勢力として無視できない存在になるんじゃありませんか？」

一時的に広報課に籍を置いていたことのある亘は、美彌子のことを課長と呼んでいた。

「買い被《かぶ》らないでちょうだい」

右京がサラダを口に運びながら、「そうでしょうかねえ」と疑問を呈した。

「ただ今回、出雲麗音に関しては、なんとか彼女の希望を聞き入れてもらえるよう、上層部《うえ》にお願いはしたわ。誤解しないでね。あくまでもお願いよ」

「なぜ彼女にそこまで肩入れなさるんでしょう？」

「優秀だからよ。出雲の実力を買ってる。でも本音言うと、それだけじゃない。傷物になった人材をやんわり排除しようとする、警視庁《うち》の伝統に、もの申したかったの。女だの男だのじゃなくて」

　右京が美彌子の目を見て言った。

「なるほど。よーくわかりました」

　美彌子は視線を逸らした。

「わかってもらえてなによりです」

「しかし、これでまた新たな疑問が湧きました」

「なにかしら？」

「ＫＧＢが抵抗勢力として無視できない存在ならばいざ知らず、否定なさったようにそれが買い被りだとすれば、あなたのお願いをそう簡単に上層部《うえ》が聞き入れるとは思えないのですがね」

　しつこく追及する右京に、亘が同調する。

「たしかに。圧力かけるだけのパワーがなきゃ、お願いしたところで聞き流されるのがオチですからね」

「だから、もちろん手ぶらじゃないわよ。お願いするに当たって、それなりのインセンティブは用意したわ」

　美彌子のことばに、亘が引っかかりを覚えた。

「インセンティブ？」

「犯人検挙」

美彌子は副総監の衣笠藤治《きぬがさとうじ》に出雲麗音を銃撃した犯人を挙げると約束したのだった。身内を襲った犯人を取り逃がすなどということがあれば、警察としては大失態であり、その威信も地に落ちる。それを恐れていた衣笠の心情に訴えかけ、特命係のふたりを使って、犯人を検挙すると約束したのである。

美彌子から話を聞いた右京が確認した。

「つまり、事件解決の確約と引き換えに、出雲さんの異動を実現させたというわけですね」

亘は美彌子の強引な手法に呆れていた。

「それも課長の責任で我々に事件を解決させると約束してきた」

「もちろん、副総監だって面子《めんつ》があるから、解決を特命係に委《ゆだ》ねたなんて、口が裂けても言えないと思うけど」

亘がフォークをテーブルに置いた。

「藁《わら》にもすがる思いってとこか……」

「だから、あなた方の捜査も従来どおり非公式。捜査に関して特に協力が得られるなんてことはいっさいないから、そのつもりで」

美彌子の一方的な決めつけが、右京は気にくわなかった。

「事件を解決することはやぶさかではありませんが、それならそれで我々にも、事前に相談があって然るべきだったと思いますがねえ」

「そもそもこんな裏話、打ち明けるつもりなかったもの」

「はい？」右京が美彌子に意図を質《ただ》す。

美彌子が本音を打ち明けた。

「だって、あなた方、いつだって勝手に現場にしゃしゃり出て、いずれ事件を解決するでしょ。たまたま今回、出雲の異動の件を相談されたとき、事件は未解決だったから、これはインセンティブとして利用できると思ったんですよ。どうせ近い将来、あなた方が解決するだろうと見越して、副総監との交渉材料に使ったんです」

「なるほど、てんから相談するつもりなどなかったと」

「大丈夫ですか？　副総監に大見得切っちゃって。俺らが必ず事件を解決できるとは限りませんよ。そのときはどう責任取るんですか？　言うのは簡単ですけど、責任は取ってなんぼですからね」

亘が無謀な元上司を諭そうとしたが、美彌子は平然としていた。

「大丈夫よ。あたしはあなた方の能力を高く評価してる。全幅の信頼を寄せてるの」

「よくそんな見え透いたことを……」

「とはいえ、勝手に話を進めたこと、気を悪くされたならば謝ります」

「大いに不愉快ではありますねえ」

右京が言うと、美彌子はわずかに身を乗り出し、言い返した。

「だけど」

「はい、なんでしょう?」

「さっきも言ったとおり、こんな話、打ち明けるつもりなかったんですよ。杉下さんがこんなもの持って追及に現れたりしなければ」

「ほう」右京が大いにむくれた。「僕が不愉快になったのは、結局のところ、僕の責任だとおっしゃりたいわけですか。ほう」

機嫌を損ねた右京を亘はなんとかなだめようとしたが、美彌子は涼しい顔をしていた。


捜査一課の部屋では伊丹が自席のパソコンで調べ物をしながら、背筋を伸ばして脇に立つ出雲麗音に嫌みをぶつけていた。

「俺たちゃいま、お前の事件で手一杯だ」

「はい」

「もちろんわかってるとは思うが、当事者のお前を捜査に参加させるわけにはいかねえからなあ」

「はい」

芹沢がポケットに手を突っ込んで、麗音の隣に立つ。

「かといって、遊ばせとくわけにもいかないんだよねえ」

「なんでも命じてください」

芹沢はポケットから財布を取り出すと、小銭を何枚か手に取った。

「コンビニ行ってさ、缶コーヒー買ってきてくれる？」

「は？」麗音の眉がわずかに上がった。

「微糖」と言いながら、芹沢が麗音に小銭を渡す。

「コンビニでですか？」

「そう言ったろ？」

「わかりました。銘柄は？」

「任せるよ。君のセンスに」

動揺の色を顔に出さないようにして部屋から出ていく女性刑事を見送って、芹沢が伊丹に微笑《ほほえ》みかけた。

「しょっぱなは使いっ走りでね」

「中坊かよ」

伊丹は呆れていたが、芹沢はご満悦だった。

「ほんのジャブですよ。これからです」

麗音が屈辱を押し殺して廊下を歩いていると、前から特命係のふたりが歩いてきた。はたと立ち止まる麗音に、右京が折り目正しく声をかけた。

「ああ、ちょうどいま、あなたを訪ねようとしたところです」

亘は気さくな笑みを浮かべた。

「その節はどうも」


コンビニの前で待っていた右京と亘の前に、会計を済ませた麗音がやってきた。

「すみません、付き合わせてしまって」

右京が麗音の手の中の缶コーヒーに視線を走らせた。

「その銘柄がお好きなんですか？」

「え？」

「いえ。銘柄にこだわらなければ、階上《うえ》の自販機でも微糖缶コーヒーは買えますからね。あえて一階のコンビニで買い求めたということは、その銘柄にこだわりがあるのではないかと思いまして」

麗音が微笑みながら感心する。

「社課長のおっしゃってたとおりですね」

「はい？」

「杉下さんは鋭く細かいことを気にする方だって。あのあと、特命係のことをいろいろと聞きました。想像してたのと全然違って、びっくりしました」

「それでまた風向きが変わったわけか」

亘が合点《がてん》すると、麗音はふたりに頭を下げた。

「その節は失礼しました。拒絶するようなまねをして」

右京は麗音を責めたりしなかった。

「いいえ。用心深さは大切と申しあげたとおり、あのときのあなたの判断は正しかったと思いますよ」

三人は連れだって階段をのぼった。麗音が特命係のふたりに打ち明けた。

「あれから改めてずっと考えています。銃撃されたときのこと。でも特に新しいことはなにも思い出せなくて。責任感じています」

「責任って？」亘が訊き返す。

「わたしがもっと手がかりになるような証言ができれば、もうとっくに犯人は挙がってたんじゃないかって」

「たしかに多少の距離はあったとはいえ、犯人と接触したのは唯一、あなただけですからね。あなたの証言がとりわけ重要であることは間違いありません」

右京の発言を亘が聞き咎《とが》めた。

「そんなこと言ったって、いきなり後ろから襲われたんだから、仕方ないじゃないですか」

右京は反論せず、麗音に質問した。

「現場へは？　改めて足を運んだりは？」

「いえ」

「一度行ってみたらいかがですか？」右京が提案した。「なにか思い出すことがあるかもしれません」

「でも、いまの立場で現場に行くことは、捜査に参加することになりませんか？」

躊躇《ちゅうちょ》する麗音を、右京がそそのかす。

「被害者の立場で行けば問題ありませんよ。ちなみに我々、このあと改めて行ってみようと思っているのですが、ご一緒にどうですか？」

「は？」麗音が目を丸くした。

現場を再訪した麗音の脳裏には、銃撃された直後、瀕死の状態で本部に通報をした記憶が蘇《よみがえ》ったが、それ以外にはなにも思い出せなかった。

「ごく初期には通り魔、すなわち無差別な犯行ではないかと考えられましたが、場所がおよそ、通り魔向きではない」

右京が捜査の経緯を語り聞かせると、亘が補足した。

「ご覧のとおり、人通りがあんまりないもんね」

麗音が撃たれる前の行動を振り返る。

「あの日、わたしは取り締まりのためにここで待機していたんです」

「そこで捜査本部は、あなたへの個人的恨みによる犯行だったのではないかと捜査方針を転換させました」

右京が経緯の説明に戻る。

「ええ」麗音はうなずいた。「友人知人、すべての情報を提出しました」

「しかし、そこからはひとりも捜査線上に浮上しなかったようですね」

亘がまたしても補足する。

「もちろん他に、君が検挙した違反ドライバーにも当たったようだけど、全部はずれ」

「結局のところ、捜査本部もさらなる方針転換を余儀なくされましたが、そこで着目されたのが、恨みというキーワードでした」

右京のことばを亘が嚙み砕く。

「君への個人的な恨みっていうんじゃなくて、警察官に対する恨みって線もあるんじゃないかと」

「無差別は無差別でも、警察官を無差別に狙った犯行だったのではないかということです」

「でも、そうなると捜査対象は星の数」亘が肩をすくめた。「警察官に恨みを持つ者なんて、ごまんといるだろうし」

「以降、取り立てて進展の見られないまま、いまを迎えているという次第ですよ」

右京が語り終えたタイミングで、伊丹が芹沢とともに現れた。

「わざわざ解説どうも。特命係が」

「これはこれは」

「よくここが」

右京も亘も伊丹を軽くいなそうとする。伊丹はふたりを無視して、麗音に詰め寄った。

「出雲！　これはどういうことだ？　説明しろ」

「すみません」

「謝れなんて言ってねえ！　状況を説明しろと言ってるんだ！」

芹沢がスマホを取り出した。

「なんべん携帯鳴らしても、無視しやがって！」

「あっ」麗音はいま気づいたふりをした。「マナーモードにしといたんで気づきませんでした。申し訳ありません」

「GPS使って来てみたら、まさか特命係と一緒とはね」

嫌みたらしくあげつらう芹沢に、麗音が缶コーヒーを差し出した。

「遅くなりました」

「ありがと。いい根性してんじゃん」

「廊下でばったり会って無理に連れてきたんですよ。俺らもほら、彼女の事件、とっても興味あるので、一日でも早く解決したいなと。なので、現場で生の証言を聞きたくて」

亘が麗音を庇《かば》ったが、伊丹は聞く耳を持たなかった。

「黙れ！　お前には聞いてねえよ。引っ込んでろ。時間の無駄だな。とにかく戻るぞ」

「おいで」

芹沢が冷ややかな目を向けると、麗音は特命係のふたりに一礼をしてから、捜査一課のふたりのあとに従った。

「ああ、警部殿。今後二度とうちの出雲に近づかないでくださいね」

立ち去り際、伊丹は釘《くぎ》を刺すことを忘れなかった。

三人の背中を見送りながら、右京が言った。

「芹沢くんの缶コーヒーでしたか」

「いや、そんなこと」亘は右京に突っ込んで、「でも大丈夫ですかね？　彼女」

「どうでしょう？　しかし、大丈夫という計算がなければ、彼女だって一緒に来たりはしないでしょうからねえ」

「右京さんが誘ったとき、まさか行くなんて言うとは思いませんでしたよ」

亘が警視庁の階段での一幕を振り返ると、右京も同意した。

「ええ。僕も意表を突かれました。出雲麗音、思っていたよりずっとしたたかな女性ですね。さすがKGBの一員といったところでしょうか」


社美彌子は警察庁長官官房付という要職に就く甲斐《かい》峯秋《みねあき》の部屋に招かれ、峯秋の点《た》てた抹茶を飲んでいた。

峯秋は『フォトス』を広げて、美彌子に探りを入れた。

「君のことだ。単なる女子会とも思えないがね」

美彌子は抹茶を飲み干して、慣れた所作で茶碗をテーブルに置いた。

「ご馳走さまです」

「衣笠くんもこれを見て警戒しているようだよ」

峯秋が副総監室を訪れたとき、衣笠はこの記事について、「極めて不気味ですね」と述べたのだった。

美彌子は峯秋の反応をうかがった。

「甲斐さんも警戒なさってるんですか」

「そりゃ当然さ。男ってものはいつでも、女性が怖くて仕方がないんだからね」

峯秋はそう言ってとぼけた。


翌日――。

「失礼します」

麗音が背筋をぴんと伸ばして、大河内春樹《おおこうちはるき》の執務室に入ってきた。事情聴取に呼び出されたのだ。

「出雲麗音、座って」

首席監察官からねめつけるような視線を浴びせられても、麗音はまるでひるまなかった。

「はい」


数時間後、刑事部長室に伊丹と芹沢の姿があった。内村の腰巾着《こしぎんちゃく》である中園参事官はもちろんのこと、大河内も同席していた。

苦虫を嚙み潰したような顔の内村が出雲麗音の行動を問題にした。

「着任早々、職場放棄。こんなけしからんことはない」

すぐさま中園が追従する。

「まさかこんなふうに捜一がコケにされるとは思いませんでした」

内村は捜査一課のふたりの刑事に憤懣《ふんまん》をぶつけた。

「お前たちの監督不行き届きでもあるからな」

「想定外の暴挙だったもので」

芹沢が弁明すると、内村は「言い訳はいらん」と一蹴《いっしゅう》した。

「いや、しかし」

なおも言い返そうとする後輩を手で制し、伊丹が頭を下げた。

「申し訳ありません」

「今回の一件、俺は懲戒免職でもいいと思うが、クビにしないまでも捜一ではとても面倒は見きれん。即刻、他へ移すよう取り計らってもらいたい」

内村が大河内に向かって要請した。大河内は刑事部長に一礼したあと、芹沢に向き合った。

「芹沢」

「はい？」

芹沢はなぜ自分の名前が呼ばれたのかわからず、戸惑った。

「出雲麗音にたった一本の缶コーヒーを買いに行かせたというのは本当か？」

「しかも同じ階の自販機ではなく、わざわざ一階のコンビニまで」

「えっ？」

監察官聴取の際、麗音は大河内に、芹沢から使い走りにやらされたと訴えたのだった。そして、着任早々屈辱を受けたことで反抗心が芽生え、特命係のふたりに誘われるまま銃撃現場を訪れてしまった。それについては反省している、と。

処分に困った大河内は、副総監の衣笠に判断を仰いだ。衣笠の返事はこうだった。

「訓告にしたまえ。両者訓告。いじめた芹沢も職場放棄した出雲も。それでこの件は決着」

大河内が衣笠の判断を伝えると、内村は恨めしそうに壁の絵を見つめた。

「鶴が……」

中園もぼそっとつぶやいた。

「またひと声……」

三

大型複合商業施設〈首都近未来センター〉の前に人だかりができていた。集まった多くの若者は天を仰ぐようにしてスマホを構えていた。彼らが狙っているのはゲッコーメン（ヤモリ男）の扮装をした人物だった。

その人物はいま、ビルの壁面を、ボルダリングよろしくよじ登っているところだった。ただし、命綱はつけていなかった。すでに地上数十メートルの高さに達していたが、その辺りは一面ガラス張りになっており、手がかりが見つからずに苦労しているようだった。

「即刻、中止しなさい！」

制服警官が拡声器で呼びかけていた。

「ただちにおりなさい！　聞いてるか？　落ちたらどうするの⁉」

しかし、ゲッコーメンはやめようとはしなかった。野次馬の何人かは、ゲッコーメンの無謀な挑戦をＳＮＳでライブ中継していた。

警視庁のサイバーセキュリティ対策本部では、特別捜査官の土師太《はじふとし》が自席のパソコンでその動画を見ていた。

同僚でありながら犬猿の仲である青木年男《あおきとしお》がパソコンをのぞき込んで、なじった。

「こんな中継見てないで、仕事しろ、土師太」

土師は青木の顔をちらりと見て、あてつけるように言った。

「こういうアホがあとを絶たねえよな」

「こんなやつ、とっとと落ちて死んでしまえばいい。落ちろ！」

青木が叫んだ瞬間、ゲッコーメンがバランスを崩した。そのままゲッコーメンは落下し、地面に叩きつけられた。

「お前の呪いがきいたね」

土師が突き放すように言うのを、青木は呆然と聞いていた。


その夜、大手ファッション通販会社に勤める派遣社員の朱音静《あかねしずか》は、動揺を隠せないまま大学病院の霊安室を訪れた。〈首都近未来センター〉のビルから転落死した男の身元確認に呼ばれたのだった。殺風景な部屋の中央に寝台が据えられ、その上に真っ白なシーツがかけられていた。シーツが人の形に盛り上がっているのを見て、静はいたたまれなかった。

「よろしいですか？」

陰気な声の捜査員のことばに、覚悟を決めて「はい」とうなずくとショートカットの髪が揺れた。もうひとりの捜査員が顔を覆ったシーツをめくった。二十代後半と思《おぼ》しき細面《ほそおもて》の男の青ざめた顔が露《あら》わになった。

「どうです？　万津《よろず》幸矢《ゆきや》さんに間違いありませんか？」

静は黙って深くうなずいた。

翌朝、特命係の小部屋にあるテレビでは、ワイドショーが流れていた。女性リポーターが前日の転落事故のようすを伝えていた。

「わたしはいま、品川区の〈首都近未来センター〉へ来ています。昨日の転落事故の現場はすぐそこです。万津幸矢さんはあの建物の壁を登っている途中、高さ五十メートル付近から転落しました。特別な器具は使わずに、手と足だけが頼り。ボルダリングですね。万津さんはその要領で登っていました」

テレビ画面には万津の写真とともに、「元派遣社員、ゲッコーメンの扮装で転落死」というテロップが表示されていた。右京と亘が見つめるなか、女性リポーターはよどみなくしゃべり続けた。

「万津さんは派遣社員として精密部品工場で働いていましたが、夏頃に会社の業績不振で雇い止めとなり、現在は無職だったそうです。ここを命綱もつけずに。見ているだけで気が遠くなりそうです。万津さんはボルダリングの経験も皆無だったといいますし、なぜ今回のようなことをしたのか謎ですが、ネット上では世間の注目を集めたうえで決行した自殺だ、などという臆測すら飛び交う状況です」

広域指定暴力団〈扶桑武蔵桜《ふそうむさしざくら》〉の組長、桑田圓丈《くわたえんじよう》が部屋で百五十分の一スケールの城の模型を慎重に組み立てていると、ノックの音がし、若頭の鬼丸《おにまる》の声が聞こえてきた。

「親父、ちょいと邪魔します」

「おう」

桑田が顔もあげずに応えると、ドアが開き人が近づいてくる気配があった。

「実は、こいつがですね」

桑田が老眼鏡を外して仰ぎ見ると、鬼丸は虎太郎《こたろう》と呼ばれる三下を連れていた。


幸矢の急死の連絡を受けて急遽《きゆうきよ》九州から上京した万津蒔子《まきこ》は、息子の質素な部屋に入ると、昼休みを利用して付き添ってくれた静に言った。

「幸矢がいろいろとお世話になっとったみたいで」

「いいえ、こちらこそ」

「あなたのことはときどき、聞いとったんですよ。『一度会わせんね』なんて言うとったんですけどね。まさかこんなふうにお目にかかることになっとは」

静がことばを返せないでいると、蒔子は部屋を見回して、机の上のパソコンと繋がった電子機器に目を留めた。

「ゲームのときの眼鏡？」

「ヘッド・マウント・ディスプレイ（ＨＭＤ）です。パソコン用のＶＲゴーグルです」

「ＶＲって、ヴァーチャル・リアリティーのこと？」

訊きながら蒔子は息子のＨＭＤを手に取った。

「ええ」静がうなずく。「装着すると別世界が広がります」

「別世界……あの子、昔から現実逃避癖があったけ」

蒔子がＨＭＤを戻したところで、静は手に提《さ》げていた紙袋から、ゲッコーメンのコスチュームを取り出した。

「あのこれ。処分してもいいいんですけど、なんだったら一緒にお棺に入れますか？　幸矢くん、最後に着てたやつだから」

「任せるわ。あなたがそうしたほうがよかと思うとなら」

「はい」静がコスチュームを紙袋に戻す。「じゃあ、お母さん、わたしはこれで。お昼休み、終わっちゃうんで」

静は蒔子に名刺を渡し、幸矢の部屋から出ていった。


その夜、警視庁刑事部捜査一課のフロアで角田が伊丹と芹沢に情報提供していた。

「あくまでも非公式の情報だ。真偽は定かじゃないが、無視してうっちゃっとくには惜しいと思うんでな、知らせておく」

ひととおり話を聞いた伊丹が、角田に礼を言う。

「正直、バンザイ状態なんで助かりますよ」

「不死身ちゃんのようすはどうだ？」

「眉に唾つけながら動いてみろ」角田はデスクに向かう麗音を顎《あご》で示した。「不死身ちゃんのようすはどうだ？」

芹沢が麗音の背中に目を向けた。

「一応、いまんとこは殊勝にしてますけど」

三人は声を潜《ひそ》めているつもりだったが、三人が考える以上に麗音は耳がよかった。

伊丹と芹沢が帰ったあと、麗音は特命係の小部屋を訪れた。

「大丈夫？　こんなとこ来て」

亘が案じると、右京も同意した。

「金輪際あなたに近づくなと、伊丹刑事から釘を刺されていますのでねえ」

しかし、麗音は気にしていなかった。

「杉下さんからわたしに近づくのは駄目だけど、わたしから杉下さんに近づくのは問題ないんじゃありませんか？」

「どうでしょう？」

右京が亘に意見を求めた。

「屁理屈」亘が即答した。

「同感です」

「そんなことより、実はですね」

　麗音は意に介さず本題に入ろうとしたが、邪魔が入った。青木が憤然とした足取りで、部屋に入ってきたのだ。

「人にものを頼むのに呼びつける。どういう了見だ、冠城亘。あっ、君は奇跡の白バイ隊員、出雲麗音じゃないか。こんなところになにしに来た？」

「知ってる？　こいつ。サイバーの青木年男。特に覚える必要ないけどね」亘は麗音に紹介したあと、青木に言った。「いま、取り込み中」

「何様のつもりだ、冠城亘。お前の社会性のなさは救いようがないな」

「ごちゃごちゃ言うと、お前がゲッコーメンを呪い殺したって言いふらすぞ」

「土師太！」

　青木が噂の出どころを憎々しげに呼び捨てると、麗音が興味を持った。

「ゲッコーメンって、転落死した万津幸矢のことですか？」

「えっ？　いや、そんなの嘘だからね。呪い殺すなんてできっこないだろ、バカバカしい」

「いえ」麗音が右京に向き合った。「あのゲッコーメンが、万津幸矢が、わたしを撃ったことを自慢してたって」

「はい？」

「角田課長が非公式で一課に知らせにいらっしゃって」

右京と亘はさっそく角田から話を聞くことにした。その日の夜、角田を自宅近くの居酒屋に呼び出したのだった。角田はジョッキのビールを半分ほど飲んでから、渋々打ち明けた。

「相手はヤクザだしな。表立って事情聴取やらで乗り込まれても迷惑だってことで、非公式にしたんだ。そんなわけだから、なるべく相手を刺激しないよう。なにしろほら、向こう、別になにも悪いことしちゃいないからな」

右京が冷酒のグラスを置いていった。

「わかっています」

「いやいや、そもそもが、あんたらのしゃしゃり出る幕じゃないってことを、まず理解してくれ」

亘は居酒屋でも白ワインを注文していた。

「了解」

「デリケートな話だからさ、今回はあえて耳に入れなかったんだけどな。やっぱり侮れないねえ。おい、間違っても先方に押しかけたりしないでくれよ」

渋い顔になる角田に、右京は「承知しました」と曖昧《あいまい》に笑い、亘は「ご心配なく」とワイングラスを掲げた。

「心配だよ。知りたいことができると一直線。人の迷惑顧みず、こうやってうちの最寄り駅まで押しかけてくるぐらいだからな」


角田の心配は当たった。

右京と亘は翌朝一番で〈扶桑武蔵桜〉の事務所を訪れたのである。

事務所に招き入れられたふたりが応接スペースの豪華なソファに座って待っていると、虎太郎を引き連れた鬼丸がやってきた。

「警視庁の杉下です」

「冠城です」

立ち上がって名乗るふたりに、鬼丸が着席を促した。

「まあ、お楽に」

鬼丸はふたりの正面に座って、隣に虎太郎を座らせた。

「いやあ、この野郎がね、夏頃、街であのヤモリ男に因縁つけられて。因縁つけられたっていったって、まあ、このご時世、こっちの立場は相当不利なんで、こいつはまともに相手にしなかったんですが、そしたら」

鬼丸から振られて、虎太郎が話を引き継いだ。

「『俺は警官を撃った男だぞ』って言い出したんすよ。『知ってんだろ、白バイ隊員銃撃事件。あれ、やったの俺だからな。舐めてると痛い目に遭うぞ』とかなんとか。相手は酔っぱらってたし、聞き流したんすけど」

「誰だって、与太飛《よた》ばしやがってって思いますよ」

若頭のフォローを受けて、虎太郎が続けた。

「なもんで、バカバカしいから誰にも言ってなかったし、すっかり忘れてたんすよ。そしたら昨日、テレビでヤモリ男やってて、思い出して、兄貴に話したんすよ。笑い話のつもりで」

「なるほど」右京がうなずいた。「ちなみに因縁つけられたとおっしゃいましたが、具体的にはどういう経緯《いきさつ》で諍《いさか》いに？」

「経緯もなにも、軽く肩がぶつかっただけなんすけど」

繁華街で肩がぶつかっただけなのに、幸矢のほうから絡んできた、と虎太郎は語った。

「昔ならこっちから因縁つけるとこ、すっかりお株奪われた形ですわ。今日び、素人衆《しろうと》のほうがタチが悪い」

鬼丸が鼻を鳴らした。

その頃、万津蒔子は幸矢の部屋で遺影に使う写真を選んでいた。しかし、どれも幸矢の表情が暗かったりぼやけていたりで、決めかねていた。ふと、昨夜の静との会話を思い出した。

静はこう言った。

「パソコンの中にも写真、いろいろありますよ。写真データのほうが手軽ですし。選んどいてもらえれば、あとはわたしがしますんで。本当は昼間、一緒に選んだりできたらよかったんですけど、会社休めなくて」

どうやら派遣社員ということで自由が利かないようだった。蒔子は息子のパソコンを勝手に見ていいのかどうかが気になった。年頃の男なので、見られてはまずいものがあるのではないかと心配したのだ。しかし、静は「そういうのにはパスワード設定してるんで、平気ですよ」と請け合ったのだった。

そこで蒔子はパソコンの中の写真を見てみることにした。デスクトップに写真のフォルダーがあり、開くと大量の写真が出てきた。静とのツーショット写真もあり、亡き息子の楽しげな顔を見て、胸が痛んだ。

「やっぱり静さんに決めてもらわんば」

独り言をつぶやきながらフォルダーを閉じた蒔子は、デスクトップ上の「Neo《ネオ》-Zipangu《ジパング》」というアイコンに目を留めた。興味をそそられてクリックしてみたが、新たな画面が開くわけでもない。パソコンをシャットダウンしようかと思ったとき、HMD

のランプが点滅しているのに気づいた。

誘われているかのように感じた蒔子は、ＨＭＤを装着してみた。するとゴーグルのディスプレイに「国民番号を入力せよ」と指示があった。

「キーボードなかけど」

蒔子がつぶやくと、入力欄が勝手に埋められ、その後アラームが鳴って、エラーの表示が現れた。蒔子は音声入力だと思い至り、試しに「消去」と声に出すと、入力欄がリセットされた。しばし考えて、「一、九、九、三、〇、五、〇、七」と言ってみる。しかし、これもエラーとなった。

「生年月日なわけなかね」

蒔子は苦笑しながら、ＨＭＤを外した。


右京と亘は〈扶桑武蔵桜〉の事務所を辞去しようとしていた。

亘が起立し、「貴重なお話、ありがとうございます」と頭を下げると、鬼丸と虎太郎も立ち上がった。

鬼丸がその場を離れようとしたところで、右京が思い出したかのように手を打った。

「あっ、ひとつだけ。警察官を撃ったなんて与太話と思っても当然。先ほどあなたがおっしゃっていたとおりですが、にもかかわらず昨日のこちらの」そこで右京は虎太郎のほうを手で示した。「笑い話のつもりの報告を、なぜ我々警察の耳に入れようとなさったのでしょう?」

鬼丸が苦笑する。

「身内やられてタマを取れねえままじゃ、立場がないでしょう、そっちだって」

「つまり、いつまでたっても犯人を検挙できないでいる警察を助けてやろうとお思いになった?」

右京がかまをかけたが、鬼丸は応じなかった。

「まあ、いいじゃないですか。野暮は言いっこなしだ。おーい、客人がお帰りだ」

若い衆が集まり、「ご苦労さまです!」と一礼をしたとき、組長室のドアが開き、和服姿の貫禄のある初老の男が現れた。

「親父、警視庁さん。うちの親分です」

鬼丸が特命係のふたりと桑田を引き合わせた。

「杉下です」

「冠城です」

「ご苦労さん。桑田です」

ゆったりと奥に向かおうとする桑田の背中に、右京が質問を投げかけた。

「我々がこうして客人扱いを受けているということは、今回の件、ご配慮くださったのは親分ということでよろしいですかね？」

振り向いた桑田に、亘が「すみません、野暮天で」と頭を下げる。

「世知辛《せちがら》い渡世だよねえ」

桑田がしみじみと言った。


特命係の小部屋に戻った右京と亘は、万津幸矢が虎太郎に語ったことについて検討していた。

「なにしろ大々的に報じられて誰もが知っている事件ですからねえ」

ティーカップを片手に右京が言うと、亘はコーヒーをひと口飲んでから応じた。

「ニュースの聞きかじりで、単に相手をビビらすための出まかせだった可能性もありますよね」

「しかし、お酒の勢いで真実が口をついてしまったという可能性も十分あります」

「要するに貴重な証言は得られたものの、決定打はなし」

「ええ」右京が認めた。

「せめて出雲麗音と万津幸矢に面識があったならば、今日の証言、大きな一歩になったんですがね」

「出雲さんによれば、面識はないようですからねえ」

右京がそう語ったとき、角田がいつにない大声をあげて怒鳴り込んできた。

「おい、杉下右京！　冠城亘！　あれほど言ったじゃないか、お前たちは行くなって！」

亘は申し訳なさそうな顔になる。

「もうお耳に入りましたか」

角田の怒りは収まらなかった。

「お前たちのあとから伊丹と芹沢が行って、恥かいて帰ってきたよ！　警察組織は案外、統制取れてないんですねって、若頭に小馬鹿にされたとさ！」

右京に反省の色はなかった。

「で、話は聞けたのでしょうか？」

「なに⁉」

「もし聞けなかったのならば、我々が伊丹さんたちにレクチャーしますが」

右京にいけしゃあしゃあと言われ、角田が地団駄《じだんだ》を踏んで叫ぶ。

「そうじゃないだろー‼」

「右京さん」

亘に制され、右京がようやく謝辞を述べた。

「課長、申し訳ない。貴重な手がかりが得られるかもしれないとなって、居ても立ってもいられず、つい」

「もちろん失礼のないようにしましたから。ね？」

「ええ。その点は抜かりありません」

亘と右京の勝手な言い分に、角田は自分を責めるしかなかった。

「しょせん釘の一、二本刺した程度じゃ、こいつらにきかないことぐらい、わかってんだろ。何年付き合ってんだ。バカか！　死ね！　カス！　お前甘いんだよ！」

自分を罵《ののし》りながら去ろうとする角田を、右京が呼び止めた。

「ああ、ひとつ。このたびの情報提供は組長さんの配慮によるものだったようです。犯人がなかなか捕まらないことに組長さんが気を揉《も》んでいるようすを若頭が見ていて、子分の報告を組長の耳に入れたことがきっかけ」

角田の眼つきが険しくなる。

「だからなんだよ？」

右京がとうとうと推理を披露する。

「いくら課長がヤクザ社会に顔が広いといっても、組長が課長のために配慮しますかねえ？　しかも課長は日頃からヤクザ嫌いを公言なさっています。つまり、彼らとは緊張関係を保っている。そんな課長が仮に困っていたところで、助けようなんて、向こうは思わないんじゃありませんかねえ。勘案するに、今回の配慮は課長ではなく、別の人物に対するものだった。違いますか？」

「当たりだよ。そのとおりだ。さすが杉下右京、もうその人物も見当ついてるんだろうが、あえて言うな。それでもう十分だろ」

角田は低い声で凄むと、憤然と部屋を出ていった。


刑事部長室では、内村がオンラインでパソコンの向こうの相手に礼を述べていた。

「今回の件、恩に着るよ」

「一日も早く下手人が捕まることを祈ってる」パソコンの画面上に和服姿で映っているのは〈扶桑武蔵桜〉の桑田だった。「上へ行けば、抱える責任の大きさが違う。三下の頃ならエンコ詰めりゃ済んだものが、いまの立場じゃ、腹切らにゃ収まらん」

組長の苦労を語る桑田に、内村が同調した。

「こんな関係が知れると、いまの俺なら一発で懲戒免職だよ」


その夜、警視庁の一室で捜査会議が開かれていた。万津幸矢の顔写真をスクリーンに映して、伊丹が捜査員たちに説明していた。

「この万津幸矢が夏頃、大森塚《おおもりづか》の飲み屋街で、出雲麗音への銃撃を仄《ほの》めかしたという情報を入手した次第ですが、なにしろ本人、死亡してますんで、捜査はなにかと不自由を強いられるかと」

「本来なら、早急にお札《ふだ》を取ってガサ入れしたいところだが、現状、捜索差押令状の発行には裁判官が及び腰だということだ」

中園が苛立《いらだ》ちを露わにすると、芹沢が補足した。

「反社の証言だけじゃ足りない、もう少しなにかつけろということらしいです」

伊丹がスクリーン上の顔写真を女性のものに替えた。

「そこで注目したいのが交際相手の存在。この朱音静なる人物から、有力な情報を得られないかと考えています」


捜査会議が終わった後、中園は伊丹と芹沢を従えて、廊下を歩いていた。

「なんとか恋人が突破口になるといいんだが」

「うまくそそのかせば、万津の部屋、調べられるかもしれませんよ」

芹沢が楽観的な見通しを述べたが、中園は慎重だった。

「令状がないんだから、慎重にな」

伊丹がしかとうなずいた。

「わかってます」


同じ頃、幸矢の部屋に静がやってきて、パソコンのフォルダーの中にあった写真を蒔子に見せていた。

「これなんてどうです？　いい顔してますよ」

静が選んだのは、幸矢が満面の笑みを浮かべて公園の遊具で遊んでいる写真だった。

「よかね。これにしましょう」

「はい」

静は写真を拡大すると、幸矢の顔の部分だけをトリミングしてプリントアウトした。

パソコンを眺めていた静が、蒔子に訊いた。

「お母さん、ネオ・ジパングに入国しようとしました？」

「えっ？」

「いま、メールをのぞいたら、幸矢くんに国外追放処分の通知が来てたんです。不正なアクセスを感知したみたい」

蒔子が朝の失敗を思い出した。

「あっ、ごめんなさい。朝ね、ちょっといじってしまったとよ」

「入国ゲートで国民番号求められたでしょう？」

「しゃべると反応するんやね。勝手に入力されてエラーになってしまって」

「それでだわ」

納得する静に、蒔子が質問した。

「ネオ・ジパングってなに？」

「仮想国家です。ヴァーチャルな国」

「あなたの言っとった別世界？」

「ええ」

静の答えで、蒔子も合点した。

「幸矢の現実逃避先やったんやね」

と、そのとき静のスマホの着信音が鳴った。

「もしもし。はい、わたしですが。あっ、お世話さまです。話ですか？」

電話は捜査一課の伊丹からで、これから話を聞きたいということだった。静は了承し、
電話を切って、蒔子に説明した。

「警察が幸矢くんのこと聞きたいから、いまから来るって」

「警察の人にも散々ご迷惑ばかけて」

蒔子が顔を曇らせていると、さっそくチャイムが鳴った。

「警察？」蒔子が反応した。

「えっ、もう？　いや、早すぎる」

静が首を傾げながら玄関ドアを開ける。そこにいたのは右京と亘だった。

「突然すみません。我々こういう者です」

亘がそう言って警察手帳を掲げた。右京もそれに倣う。

「伊丹さんじゃないんですか？」

「えっ？」

静の予想外の問いかけに亘が戸惑う間に、右京は状況を察した。

「ああ。我々、先発隊なんですよ」

「先発？」

亘も状況を理解した。

「伊丹たちもほどなく到着すると思いますので」

招き入れられた特命係のふたりに、蒔子が深々と頭を下げた。

「このたびは息子がとんでもないことをしでかしまして、申し訳ございません！」

「そんな卑屈になることないです、お母さん。たしかに世間を騒がせて、いろんな方面に迷惑かけたけど、事故だもの」静は蒔子に自分の考えを述べると、右京と亘に向き合った。「幸矢くんのことでなにが訊きたいんですか？」

「それは伊丹たちが来てからにしましょう。同じことを二度話していただくのは申し訳ない」

右京はそう言って、プリントアウトされた幸矢の顔写真を手に取った。静が説明する。

「遺影にしようと思って」

「ご葬儀はいつです？　ご遺体はもう会場へ？」

亘が訊くと、蒔子は「ええ、明日です。お通夜なしの一日葬ですけど」と答えた。

右京の興味はすでにデスクの上のＨＭＤに移っていた。

「これは？」

「ああ、これは別世界の扉です」

蒔子の言い回しが、右京の興味をさらに引いた。

「別世界の扉？」

「息子がネオ・ジパングってとこの国民やったらしいんですけど、わたしがうっかり国外追放にしてしまったみたいで」

「はい？」

そのときチャイムが鳴った。亘が玄関ドアを開け、伊丹と芹沢を迎え入れる。

「待ちかねた」

伊丹はすでに特命係のふたりが来ているのを見て歯嚙みをしたが、「ここで騒いだら台無しだな。とにかくおとなしくしてろ！」と右京と亘に釘を刺した。

「してろ！」と芹沢も念を押した。

伊丹が静と蒔子に挨拶した。

「夜分にどうもすみませんでしたね、ゴチャゴチャ押しかけて。改めて、警視庁の伊丹です」

「芹沢です」

「いったい、なんなんでしょう？」

怪訝そうな静に、伊丹が告げた。

「変に警戒されても困りますので、電話では申し上げませんでしたが、我々、実は捜査一課の刑事でして」

「捜査一課は殺人や強盗を扱っています」

芹沢の説明で、静が混乱した。

「どういうことですか？」

蒔子は瞬時に重大な事態を予想した。

「まさか、あの子が？」

「なに言ってるんですか、お母さん！」

「だって……おっしゃってください、あの子、なんかしたとですか？」

蒔子に訊かれ、伊丹が正直に答えた。

「殺人未遂の容疑がかかってまして」

「殺人！」

蒔子にとっての最悪の答えを、静は一蹴した。

「殺人未遂？　幸矢くんが人を？　あり得ない」

蒔子が伊丹に詰め寄った。

「誰を殺そうとしたっていうとですか？　息子が誰を？」

「警視庁《ち》の白バイ隊員です。女性隊員をね。覚えてるでしょ、事件。今年の春の」

呆然とする蒔子と静に、芹沢が申し出た。

「お部屋、ちょっと調べさせてもらっても構いませんよね？」

四

翌朝、中園は捜査一課のフロアで伊丹と芹沢から幸矢の部屋の捜索結果の報告を受けた。

「そうか、結局、なにも出ずか」

「部屋中捜したんですけど、めぼしいものはなにも」

伊丹の口調は苦々しかった。

「特命もいたんで、こき使ってやりました」

芹沢の報告に、中園がいきりたつ。

「なにい？　あいつら、またのこのこ……」

デスクワーク中の麗音が顔を上げ、芹沢と目が合った。芹沢が嫌みまじりに言った。

「君を撃った被疑者が出たんだよ。まあ、期待してろよ。挙げてやるから」

「よろしくお願いします」

麗音は立ち上がり、慇懃《いんぎん》に腰を折った。


その頃、万津幸矢の葬儀の準備がおこなわれていた。葬儀場で待つ喪服姿の蒔子のもとへ、静がやってきた。静は今日も仕事で、葬儀に参列することができない。

静の打ち明け話を聞いて、蒔子が訝しげな顔になった。

「あの子から預かり物?」

静がうなずいた。

「大事なものだから、保管しといてくれって。絶対開けるなと言ってました」

「で、ずっと開けんでそのまま?」

「開けると幸せが逃げるなんて言って。幸矢くん、おまじないとか好きだったから、そういうのかなと思って」


特命係の小部屋では、青木が問われたことに答えていた。

「加西周明《かさいしゆうめい》、ざっくり言うとＩＴ長者」

「名前は知ってる。とんでもない金持ちだろ」

亘が言うと、青木は小さく笑った。

「億万長者ってやつだ。ネオ・ジパングは彼のこしらえた仮想国家ですよ。出だしはPCゲームでしたけど」

「軽く検索してみましたが、絶対君主国のようですねえ」

右京のことばを、青木が補足する。

「君主は『IZANA《イザナ》』といいます。AIですけどね」

「右京さん、昨夜から気になってるみたいですね、ネオ・ジパング」

指摘する相棒に、右京がうなずいた。

「なにしろ、万津幸矢が存在した別世界のようですからねえ。しかも国外追放処分を受けたとなれば、なおさら」


万津幸矢の葬儀の参列者はわずかだった。火葬を終えた蒔子はその夜、喪服のまま朱音静の部屋を訪れた。静が亡き恋人の母親に頭を下げた。

「参列できなくて、本当にすみませんでした」

「いいとよ、そんなの。それより」

蒔子は今朝静から聞いた話が気になっていた。静がクローゼットの奥から、幸矢から預かったという厳重に梱包された箱を引っ張り出した。

「これ」

蒔子が箱を受け取った。箱はずっしりと重かった。

「重い」

蒔子はさっそくその場で、梱包を解きはじめた。幾重にも巻かれたガムテープをはがし、蓋を開けると、箱の中から一丁の拳銃が出てきた。蒔子は思わず息を吞んだ。

「これをあの子が？」

「はい」

静の視線は拳銃に釘付けになっていた。


同じ頃、右京と亘は都心のタワーマンションの最上階にある加西周明の部屋を訪れていた。加西は四十代後半の自信に満ちた男で、部屋には大型の熱帯魚が泳ぐ水槽がいくつも置かれていた。

特命係のふたりを部屋に招じ入れながら、加西が質問した。

「電話で聞いた限りでは、ちょっと要領を得なかったんだけど、ネオ・ジパングの国民を調べてる？」

「ええ」右京が同意した。「昨日、国外追放処分を受けた人物です」

それを受け、亘が補足する。

「名前は万津幸矢」

「なんだかよくわかんないけど、ネオ・ジパングは仮想国家、ヴァーチャルな世界だよ」

加西は呆れたように苦笑したが、右京は大真面目だった。

「承知しています」

「いや、だからさ、その国外追放処分を受けたっていう、えっと誰だっけ？」

「万津幸矢」亘が繰り返す。

「よろず？　リアルなその人じゃなくて、ヴァーチャルなその人を調べたいってこと？」

「そのあたり、僕自身も曖昧でしてね」

右京が本音を漏らす。

「は？」

「いずれにしても、その人物がリアルな世界の他にヴァーチャルな世界に存在したならば、どちらも調べてみる価値はあるだろうと」

静と蒔子が思わぬ預かり物に動揺しているとき、チャイムが鳴った。

ドアの前には伊丹と芹沢の姿があった。

「また特命いたりして」

芹沢が軽口を叩くと、伊丹がにやりと笑った。

「そしたら今度は得意のパシリでもさせろよ」

都心のタワーマンションの最上階では、加西が右京と亘にＨＭＤを渡し、ネオ・ジパングを体験させようとしていた。

「このスイッチがマイクのオン、オフ。オンにすると国内で反映される」

「体験させていただけるとは思ってもみませんでした」

右京がＨＭＤを装着すると、亘も続いた。ＶＲゴーグル内のゲートが開き、見覚えのある街並みが現れた。

「おお！　これはお台場の商業施設ではありませんか？」

右京が声をあげると、加西が笑った。

「いいや、似てるかもしれないけど、ネオ・ジパングの中心街だよ」

「なるほど」

ＨＭＤの中の映像では、街を思い思いのコスチュームをまとった人物が歩いていた。

右京のアバターは羽織袴姿だった。

「その場で足踏みすると、国内を歩けるよ。早足踏みすると走れる。ゴーグルに仕込んだジャイロセンサーに連動してるから」

加西の説明を聞き、右京が足踏みをする。するとまるで右京自身が走っているかのように、街並みの映像が動きはじめた。

映像の中では亘のアバターも羽織袴を着けていた。駆けていく上司に「右京さーん！」と呼びかけると、右京が立ち止まって振り返った。亘が駆け足で追いつき、ふたりそろって仮想の街を歩く。

「いやあ、驚きですねえ」

右京が声を発すると、映像の右京のアバターも同様にしゃべった。

「これは癖になりますね」

亘と亘のアバターが応じた。

なおもふたりが街を歩いていると、亘が花売り娘の服装をした女性を見つけた。

「あっ！」

亘が指差すと、右京もすぐに気がついた。

「おや、あれは」

花売り娘は手で顔を隠して、足早に去っていった。

「逃げた！」亘が叫んだ。

その頃、出雲麗音は社美彌子に呼ばれて警視庁の会議室にいた。麗音は起立したまま両手を背中で組んでいた。

「被疑者死亡のまま送検、ですかね？」

美彌子は椅子に座り、足を組んでいた。

「万津幸矢の容疑が固まれば、そういうことになるわね」

麗音がゆっくりと美彌子に歩み寄る。

「たとえ送検して起訴されて刑が確定したって、犯人を刑務所にぶち込むことも吊るし首にすることもできない。結果的に警察の面子が保てるだけですよね」

「ひねくれたこと言うわね」

「そもそも、なんでわたしを狙ったのかすらわからない」

麗音のことばには悔しさが滲《にじ》んでいた。

「たしかに、物証に基づいて容疑が確定したとしても、犯行動機の解明が残る」

「もういっそ無差別犯であってほしいです。単に運が悪かったってことで納得したいです」

美彌子には返すことばがなかった。

その夜、家庭料理〈こてまり〉のカウンター席には、常連の右京と亘の他に、風間楓子の姿があった。

「中心街とはいえ、まさかおふたりに出くわすとは」

うんざりした口調の楓子に、亘が言った。

「だからって、なにも逃げなくても」

楓子は白ワインのグラスを口に運んだ。

「逃げますよ。着物姿で気色悪かったし」

「いや、俺は普通にスーツがいいって言ったんですけどもねえ」

亘の目配せを受け、右京が言った。

「せっかくの別世界、普通じゃつまらないじゃありませんか。しかし、あなたも人のことは言えないと思いますがねえ……あれは花売り娘でしょうか？」

「今夜は、そういう気分だったんです」

「はい、お待ちどおさまです。それって自由に着せ替えできたりするんですか？」

ネオ・ジパングに興味を抱いたようすの小手鞠に、亘が説明する。

「結構な数の衣装が用意されてて。で、好きなものを」

「あら、楽しそう」

「自由度高いし、なによりも経済活動できるのが魅力です」

国民歴の長い楓子が説明すると、小手鞠が目を丸くした。

「経済活動ってお金儲け？」

「もちろん稼いだ分から税金取られますけど」

「税金もあるのね」

「納税は国民の義務ですから」

楓子の答えに、右京が理解を示す。

「曲がりなりにも国家ですからね」

亘は疑問を呈した。

「でも、稼ぐとか納めるとか言ったって、仮想通貨だろ？　仮想国家なんだから」

楓子が事情通ぶりを発揮する。

「それはそうなんですけど、実は中心街の南の広場に市が立ってて。もちろんヴァーチャルな商いの場なんですけど。そこに年に数回、君主イザナが現れて、すごいものを売るんです。土地付き一軒家とか、マンションとか。あと金塊とか、宝石類とかも。要するに超高級品です」

「どんなに高級だろうが、しょせんはヴァーチャルでしょ」

亘は一蹴しようとしたが、楓子は真剣な口調で説明した。

「それが君主イザナの商品はリアルなんです。現実の品物を、自分が持ってる通貨で買えるんですよ。しかもバカ安！　円相場で換算すると、百分の一程度の値段で」

小手鞠の瞳が輝いた。

「じゃあ、一億の商品を百万円で買えちゃう？」

「だから抽選です。当たったら買える。毎回、希望者殺到！」

「侮れませんね、ネオ・ジパング」

亘に水を向けられ、右京が同意した。

「ええ。ますます興味が湧きました」

「それはそうと、仮想国家ではしゃいでる暇があったら、白バイ隊員銃撃事件の捜査でもしたらどうですか？　このまま犯人捕まえられなきゃ……」楓子は特命係のふたりを揶揄しようとして、ハッと気づいた。「ネオ・ジパングになにか手がかりでも？　あ、絶対そうだ」

ちょうどそのとき、右京のスマホの着信音が鳴った。電話をかけてきたのは麗音だった。

――杉下さんですか？　出雲です。いましがた、伊丹さんと芹沢さんが、万津幸矢の母親と恋人を連行したそうです。銃刀法違反容疑で。

「そうですか。わざわざどうも」右京は電話を切って、誰に言うともなく言った。「どうやら動き出したようですねえ」

警視庁の鑑識課では益子が、伊丹たちが押収してきた拳銃の弾丸と麗音の体を貫通した弾丸を分析していた。その結果、ふたつの線条痕はぴったり一致した。

「犯行に使用された拳銃で間違いない」

益子が断言すると、背後に控えていた伊丹と芹沢が顔を見合わせてうなずいた。


そのとき亘は取調室で万津蒔子と向き合っていた。蒔子によると、突然、静の部屋に捜査一課のふたりが現れたので、自ら拳銃を差し出したとのことだった。

「とてもじゃないけど、隠し通せないと思った？」

亘が訊くと、蒔子は硬い表情で答えた。

「隠すなんて。息子の不始末ば、知らん顔できません！」

そこへ芹沢が入ってきた。

「君ら、空き巣狙いか！」

「あ、これはこれは」亘がわざとらしく立ち上がる。「お席温めておきました。どうぞ」


同じとき、右京は別の取調室で朱音静から事情を聴いていた。

「なるほど、お母さまがですか。しかし、あなたとしては隠しておくつもりだった？」

右京がかまをかけると、静は認めた。

「無理やり調べるなんてできないでしょ？　隠しといて、いずれ処分しちゃえば平気だったのに」

　そこへ、伊丹が入ってきた。

「特命係の杉下警部〜。勝手になにやってんですか。とっととお帰りを」

　右京は静に微笑みかけると立ち上がり、部屋から出ていこうとした。その直前で立ち止まり、振り返って右手の人差し指を立てた。

「ああ、ひとつだけ。門前払いという選択肢は？　突然押しかけてきた伊丹刑事たちを断固部屋に上げないということは、そのとき頭にはなかったんですか？」

　静は伊丹に目をやって、「そんなことをして、おとなしく帰ってくれたでしょうか？」

「令状がない以上、出直す以外なかったでしょうね。そうすれば、あなたの言う処分の時間も稼げたのでは？」

「そうね。冷静だったつもりでも、やっぱり焦ってた」

「人間、そういうものです。常に最善手は指せませんよ」

　そう言い残して廊下に出た右京を、亘が待ち受けていた。

「線条痕が一致したそうです。芹沢さんが得意げに言ってました」

「そうですか」

　右京は深くうなずいた。

五

翌朝、捜査会議で大勢の捜査員を前にした中園の表情は明るかった。

「昨夜、ついに犯行に使われた拳銃を押収することができた。伊丹、芹沢、お手柄だった。ここで一気呵成《かせい》に証拠を突きつけて自白を取りたいところだが、被疑者、万津はもうあの世。なので裏づけ捜査、もうひと踏ん張り頼むぞ」

中園の号令に、一同が声を張った。

「はい！」


その頃、副総監室では衣笠藤治が社美彌子に話しかけていた。

「ほぼ勝負あったというところかな。だからって責任取れなんて野暮は言わんよ。無論、人事を撤回したりもしないから安心したまえ」

接客用の椅子に座ったまま、美彌子が頭を下げた。

「ありがとうございます」

衣笠がデスクから美彌子の正面の席に移動してきた。

「それはそうと、君のKGBの会合、次はいつあるの？」

「会合なんて、そんな大仰なものではなく、ただのお食事会です。念のため申し添えますが、ＫＧＢでもありません」

「次の食事会、僕も参加できない？」

衣笠が美彌子に持ちかけた。

「はい？」

「将来有望な女性陣と、膝を交えて語り合いたいと思ってね」

「検討いたしますが、その折は甲斐さんも一緒にお誘いしても？」

反りの合わない相手の名前を出して牽制《けんせい》する美彌子に、衣笠は一瞬苦い顔になったが、すぐに取り繕った。

「もちろん。むしろ僕から誘おうかと思ったぐらいだよ。果敢に女子会に乗り込んでみませんかってね」


右京と亘は朱音静の部屋にいた。

パソコンの置いてあるデスク脇にあったＨＭＤを右京が手に取っていると、亘がパソコンのデスクトップ上にネオ・ジパングのアイコンを見つけた。

「右京さん」

「朱音静さんも国民でしたか。起動してもらえますか？」

亘がアイコンをクリックすると、右京の装着したＨＭＤのＶＲゴーグル内に、ネオ・

ジパングの入国ゲートが現れ、国民番号の入力を求められた。右京が出まかせに数字を言った。

「ワン、ツー、スリー、フォー、ファイブ、シックス、セブン」

国民番号が入力されたあと、「エラー」の表示が出、アラームが鳴った。

「入国を拒まれました」

「そりゃ、そうですよ」

「デリート」

入力欄をリセットした右京が、懲りずに挑戦する。

「セブン、シックス、ファイブ、フォー、スリー、ツー、ワン」

再びエラーとなった。

「やはり駄目ですねえ」

「はい、やめ！　もうおしまい！　三回エラーすると国外追放処分になるって言ってたでしょ」

キャッシュカードのロックと同じように、三回連続でエラーすると国外追放処分になる、と加西から聞いていたのだ。密入国を防ぐためのセキュリティー対策だった。

「やはり、密入国は簡単ではありませんね」

右京がＨＭＤを戻すと、ドアが開き、伊丹と芹沢が鑑識員を引き連れて入ってきた。

呆れ顔の伊丹に、右京が先手を打った。

「ああ、我々もさっき到着したところで、まだほとんどなにも見ていません」

「そんなことは聞いてませんよ」伊丹が怒りの矛先を亘に向けた。「なに勝手なまね、さらしちゃってくれてんだよ、お前ら！」

「いや、また家捜《やさが》し、お手伝いしようと思って。万津のとこで役に立ったでしょ？　俺ら。なんでも言って」

反省の色が感じられない亘を、芹沢が怒鳴りつける。

「調子ぶっこいてると、ひどい目に遭わすぞ！」

特命係と捜査一課の痴話《ちわ》喧嘩のようなやりとりを制して、益子が言った。

「いいからはじめようぜ」

家宅捜索がはじまると、右京と亘は邪魔にならないように部屋の隅に移動した。右京の目が壁に飾られた一枚の写真をとらえた。

「これはコンサートホールでしょうか？」

亘も写真をのぞき込む。

「立派なパイプオルガンですね」

「音楽がお好きなんでしょうかねえ？　そんなふうにも見えませんが」

小声で会話するふたりを挑発するように、伊丹が声をかけた。

「まあ、悔しいのはわかるけどな。今回、完全に俺たちに先越されちゃってるもんねえ」

右京は負けていなかった。

「おことばですが、拳銃という物証は得られたものの、万津幸矢の犯行であるということは、まだ伝聞の域を出ませんからねえ。冠城くん、眺めているだけでは退屈ですねえ。ここは彼らにお任せして、我々は行きますか」

「はい」

出ていこうとするふたりの機先を伊丹が制する。

「ああ。万津のとこもいま、正式なガサ入っちゃってますから、邪魔しに行かないでくださいね～」

「そっちもお任せします」亘が笑顔で返した。

右京と亘は〈首都近未来センター〉を訪れ、天を突くように建つ高層ビルを見上げていた。

「どうしてこんなところを登ろうとしたのか、非常に気になりますねえ」

右京のことばに、亘が同意した。

「ボルダリング未経験っていうし、初見じゃ、とても登れないですよね。それこそしっかり予行演習でもしてなきゃ」

「なるほど、予行演習ですか」

ふたりはそこに風間楓子を呼び出した。

「どう？　見覚えない？」

亘が楓子に高層ビルと周辺の施設を見てもらったが、楓子は「うーん」と首をひねった。

「先日、我々があなたと会ったネオ・ジパングの中心街、あの風景は明らかにお台場の商業施設でした。おそらくあの国には、現実にある場所の風景が取り込まれているのでしょうねえ」

右京の推測を、楓子が認めた。

「それは間違いないですよ。もちろん名称は変えて」

「だからさ、ひょっとしてこの場所もネオ・ジパングに存在するんじゃないかと思って」

亘が勢い込んで言うと、楓子は探りを入れた。

「ここって万津幸矢が死んだ場所ですよね？　どうしてこんなとこ、調べてるんです？」

「あなたのお察しのとおりですよ」

はぐらかす右京に、楓子が提案した。

「また、すぐそうやって誤魔化《ごまか》す。あっ、じゃあ、こうしません？　わたし、ネオ・ジパングでここの場所探しますから、もし発見したら、わたしの疑問にちゃんと答える。言っておきますけど、ネオ・ジパングってめっちゃ広いんですよ。もちろん国土マップはありますけど、地名と位置がわかるだけで風景まではわからない。要するになにが言いたいかっていうと、風景しかわからない場所を探すのは、決して簡単じゃないってこと」

右京が折れる。

「わかりました。発見してくだされればオーケーです」

「約束ですよ。男に二言はなし」

「言うまでもありません」

右京が断言したとたん、楓子が笑みを浮かべた。

「あっ、そういえば、わたし、ここそっくりな場所、行ったことあった。たったいま、思い出しちゃった」

右京と亘は特命係の小部屋に帰ると、すぐにHMDを装着し、ネオ・ジパングに入国した。今回もふたりのアバターは羽織袴姿だった。

国土マップをもとに嵐が丘を訪れると、たしかに〈首都近未来センター〉そっくりの風景が広がっていた。ドレスを着た女性、マンドリンを弾いている男性、ピエロの格好の人物……雑多な服装の国民が向こうから歩いてくる。アバターたちの流れに逆らうように進んでいくと、高層ビルの前に出た。

右京のアバターが言った。

「ここで間違いありませんね」

亘のアバターが応じた。

「ええ、嵐が丘。風間楓子の言ったとおり」

ＨＭＤを装着したふたりが謎の会話を交わしているのを、青木が小部屋の入り口からのぞいていた。


青木は捜査一課のフロアに行き、伊丹と芹沢に特命係の小部屋で見たことを伝えた。

「ふたりでゲームしてる？」

訊き返す伊丹に、青木が楽しそうに告げる。

「すっかりいじけちゃってるんですよ。今回、伊丹さんと芹沢さんにお株奪われちゃったから。哀れだ。あの傲慢《ごうまん》なふたりがシオシオのパーなんですよ」

「いや、愉快な話題だけどさ。そんなことを知らせにわざわざ？」

芹沢が訊くと、青木は「失礼な」とむくれて言った。

「万津幸矢の部屋から押収されたパソコンに、拳銃の入手ルートの手がかりがないか、鑑識が調べようとしたんですが、パスワードが設定されたフォルダーが結構あってお手あげ。うちに回ってきたんで、さっそく解析して調べました」

「なんか出たのか?」伊丹が身を乗り出す。

「いえ、なにも」

「帰れ!」伊丹が呆れて怒鳴る。

「親切で来たのになあ。帰りますよ」踵《きびす》を返した青木はデスクワーク中の麗音に目を向けた。「あら不死身ちゃん、ご機嫌いかが? 相変わらず特命係とは仲良くしてる? こっそり向こう行ったりしてるの? でも君、捜一に嫁入りしたのに、特命係とイチャイチャするのは不義密通だよ」

ネチネチとした口調で絡んでくる青木に、麗音は顔も上げずにきっぱりと言った。

「すぐいじけるような男たちには、興味ありません」

「アハハ、言うねえ」青木は笑ったが、すぐに表情を一変させ、麗音の耳元でささやいた。「副総監に依怙《えこ》贔屓《ひいき》されてるからって調子乗んなよ」

青木が「お邪魔しました」と部屋を去ると、芹沢が新入りの女性刑事を睨《にら》みつけた。

特命係の小部屋では、亘がネオ・ジパングでの体験について語っていた。

「フライトシミュレーターみたいに、ヴァーチャルな世界でリアルを体験するっていうのは、やはりネオ・ジパングではできません。壁をよじ登ったりするのは無理だもん。つまり予行演習は不可能」

右京は亘の意見を認めながらも、納得していなかった。

「しかし、万津の死んだ場所がネオ・ジパングにも存在することは、決して偶然ではないと思うのですがねえ」

ややあって、右京がふとなにかを思い出したように言った。

「そういえば逆方向でしたね、人の流れが。我々は人波に逆らうようにして、現場へ向かいました。そして到着すると、付近は人がまばらでしたよ。たとえると、まるでコンサートの終わった会場へ駆けつけたような感じでした。そう思いませんか？」

亘もアバターとして体験したできごとを思い出した。

「たしかに言われてみれば」

「いずれにしてももう一度、嵐が丘を訪れてみる価値はありそうですねえ」

「善は急げですね。行きましょう」

亘がＨＭＤに手を伸ばすと、右京が左手の人差し指を立てた。

「その前に、ひとつ確認しておきたいことが」

右京と亘は鑑識課を訪れた。テーブルの上に目的の押収物が載っていた。静のパソコンとHMDである。

「ああ、これですね」

亘がHMDを手に取ると、益子が飛んできた。

「おい！　人の目盗んでこっそり。どうしようってんだ、それ」

「一瞬だけ」

右京が神妙な顔で右手の人差し指を立て、亘が手を合わせて拝む。益子は渋々特命係の要求を呑んだ。

右京はその場で静のパソコンを起《た》ち上げ、新着のメールがないか調べた。

「国外追放処分の通知なんて来てませんってば。だって右京さん、エラー二回でやめたじゃないですか」

亘の言うように通知メールは来ていなかった。そのことが右京の疑念につながった。

「ええ。よほどのことでもない限り、こういうものは二回でやめるのが安全。なのに、どうしてお母さまは三回トライしてしまったのでしょうねえ？」

同じ頃、朱音静と万津蒔子が収容されていた留置場のドアが開き、伊丹と芹沢が入ってきた。

伊丹が静に逮捕状を掲げて見せた。

「朱音静さん。拳銃の不法所持であなたを逮捕します」

静はなにもしゃべらなかったが、蒔子は立ち上がって伊丹にすがりついた。

「刑事さん！　言っとったとおり、彼女、中身知らずに預かっとっただけです！　悪いんは息子なんですから！」

「はいはいはい、あなたはお帰りいただいて結構ですよ」

芹沢が蒔子をなだめ、留置場の外へと連れ出した。そのまま廊下を歩いていくと、前から右京と亘がやってきた。

「ああ、ちょうどよかった」

右京が笑みを浮かべたが、芹沢は取り合わなかった。

「ちょうどよくありませんよ。おふたりとおしゃべりしてる時間はないんで」

「いやいや、芹沢さんじゃなくて」

そのまま通り過ぎようとする芹沢を亘がいなしている間に、右京が蒔子に質問した。

「ひとつ確認です。あなた、息子さんを国外追放処分にしましたね？　入国ゲートで何回エラーしましたか？」

「国外追放？」

話が見えずに困惑する芹沢には構わず、蒔子が答えた。

「二回ですけど」

「たしかに二回?」亘が念を押す。

「二回なら間違えても平気やと思っとったんで。キャッシュカードの暗証番号とか、みんなそうですし。でも二回で国外追放になってしまって、勝手な思い込みば後悔しました」

右京と亘は特命係の小部屋に戻って、蒔子から得た情報を検討した。

「三回目のエラーで万津幸矢を国外追放にしたのは、朱音静。あの部屋でそんなまねができるのは、彼女しかいません」

亘が見解を述べると、右京が先を促した。

「それは過失だったのでしょうかねえ?　それとも故意?」

「わざとじゃなかったら、さぞかし驚いたでしょうね。三回チャンスがあるものと思ったのに一回目でアウト。逆にもしわざとだったとしたら、なんでそんなことしたんでしょう?」

「いずれにしても彼女は、万津幸矢を国外追放処分にしてしまったことをお母さまの仕業《しわざ》にした。これは間違いありません」

右京はそう言って、HMDを装着した。亘も上司に倣った。

警視庁の廊下で、中園と伊丹が話をしていた。

「そもそも銃刀法違反については、直前まで中身を知らなかったという万津の母親の証言もあることだし、証拠隠滅については、そうしたかったという願望を表明しただけで未遂ですらない。そこからさらに犯人隠避まで持ってこうなんて、とてもとても」

中園は首を振ったが、伊丹は強気だった。

「最悪、銃刀法違反だけで送検しますよ」

「なにも逮捕状取らなくても、任意で調べられるだけ調べれば十分だったんだ。恋人をとっ捕まえて送検するなんてのは二の次だからな」

「わかってます。でもまあ、せっかく逮捕したんで、四十八時間はこってり絞ってやります」

「好きにしろ。だが目的を見失うな」

中園はそう言い残して足早に立ち去った。伊丹が振り返ると、そこに麗音がいた。

「立ち聞きか。行儀悪いな」

「お願いがあります。わたしにも朱音静の取り調べ、やらせてもらえませんか？」

「当事者はそもそも……」

門前払いしようとする伊丹を、麗音がピシャリと遮った。

「銃刀法違反容疑は別件じゃないですか？　お願いします」

「なんでやりたい？」

「わたしを殺しかけた男の恋人っていうのを、じっくり拝んでみたいんです」

麗音の瞳には闘志の炎が宿っていた。

六

翌朝、右京と亘は加西の住むタワーマンションを訪れた。

ふたりの話を聞いて、パジャマ姿で朝食のサラダを口に運んでいた加西は目を丸くした。

「張り込み⁉」

「ええ。嵐が丘で我々、張り込んだんです」

「一度目に少々、疑問を感じたものですからね、再び訪れて」

亘と右京が昨夜のネオ・ジパング体験を語ると、加西は興味を持ったようだった。

「で、張り込みの成果は？」

右京が説明した。

「張り込んでから、どのぐらいの時間が経過した頃でしょうか。現れました、大道芸人が」

「ああ、大道芸人ね」

加西は興味なさそうだったが、右京は続けた。

「大道芸が披露されました」

亘が話を継いだ。

「そして、そのクライマックスっていうのがボルダリング。ビルの壁面をよじ登りはじめたんです。見事、上まで」

そこで右京が自ら体験した映像に分析を加えた。

「国民にそんな立体的運動はできませんから、あの大道芸人はいわゆるNPC——Non Player Characterと呼ばれる、システム上のプログラムによって動いている人物ですね？」

「そのとおり」加西が認めた。

「さて、ここからです。嵐が丘はヴァーチャルな存在ですが、実はリアルに東京に存在する〈首都近未来センター〉が下敷きになっていますよね？」

「言いたいことはわかった」加西がフォークを皿に置く。「最初に話を聞いたときはピンとこなかったんだけど、あのあと調べてみたら、万津幸矢って〈首都近未来センター〉で転落死した、あの男だろ？」

亘が斬り込む。

「大道芸人を手本にした可能性が高いと思うんですけど」

加西は動じるようすもなく、皿をキッチンに運んだ。

「だったらなに？　ヴァーチャルをまねて、リアルに死んだアホがいたってだけの話だろ？　そんなことまで責任持てないよ」

加西のあとを追いながら右京が言った。

「我々もそんなことを言いに来たのではありませんよ」

加西はソファに腰をおろした。

「そう？　ならよかった」

「小耳に挟んだんですけど、ネオ・ジパングでは、君主さまの民への施しが半端ないそうですね。土地付き一軒家を超格安で売ってくれたりするって。しかもお代はヴァーチャルなのにブツはリアル」

「君主イザナはＡＩだとか。しかし、いくらＡＩとはいえ、リアルな物件等の手当てはできないでしょうから、その原資はあなたの資金ということですよねえ」

亘と右京のことばに、加西は苦笑した。

「身も蓋もないこと言わないで」

「施しはご趣味ですか？」

右京の質問に、加西が「えっ」と戸惑ったのを見逃さず、亘が過去を掘り返す。

「加西さん、ずいぶん前ですけどＳＮＳで、『意味なく一億円あげちゃうキャンペーン』やってて、殺到した応募者の中から抽選で三名に、本当に一億円プレゼントしちゃったことあったでしょ」

「若気の至り、ってほど若くもなかったけどね」

「他人に金品あげるの、趣味なのかなと」

「さあ、どうなんだろうねえ？」加西が勢いよく立ち上がる。「そろそろタイムオーバー。帰って」

「お忙しい中、申し訳ありませんでしたね」

「別に忙しくもないんだけどね。気分で生きてるから。そろそろ切り上げたくなっちゃった」

億万長者は水槽の前に移動して、熱帯魚に生餌《いきえ》のミルワームをやりはじめた。右京が慇懃に訊いた。

「なにかご不快な思いでもさせてしまったのでしょうか？」

「かもね」

「だとしたならば、お詫《わ》びします」

右京が腰を折ると、亘も従った。

「申し訳ありませんでした」

「では」帰りかけた右京が振り返って、左手の人差し指を立てた。「ああ、もうひとつだけ。朱音静という女性をご存じありませんか?　ネオ・ジパングの国民なんですけどね」

「また人捜しかよ。で、その人はどうしたの?　その人もどこかから落ちて、死んじゃった?」

加西は顔も上げずにミルワームを水槽に落とし続けた。

その朱音静は警視庁の取調室で、万津幸矢とのなれそめを語っていた。

「練馬のショッピングセンターで声かけたの」

取り調べを担当しているのは、出雲麗音だった。

「声かけた?　あなたから?」

「逆ナンよ。それから付き合いがはじまった」

「初めて結ばれたときのこと、覚えてますか?」

「はあ?」

麗音の意表を突く質問に、静だけでなく、壁際に控えていた伊丹と芹沢も怪訝な顔になった。麗音が穏やかな顔で続けた。

「初エッチですよ。彼に初めて肌を晒したときのことです」

「よせ、出雲！」

芹沢が制したが、麗音は立ち上がるとスーツの上着を脱ぎ捨てた。

「いくつになったって、初めて男の前で肌晒すのは恥ずかしいわよね。だけどわたしは、それ以上にいたたまれない気持ちなの！」

麗音は静を睨みつけ、シャツのボタンを引きちぎって胸をはだけた。右の胸元の無残な傷痕が露わになった。麗音は身を乗り出して、静に傷を見せつけた。

「弾丸が身体を貫いて飛び出した痕。男にこの傷見せるの、相当勇気いるわ」

静の頬がこわばった。

「あなた、まさか……」

「あなたの恋人に撃たれた女よ」

「もういい！　ほらほら、着ろ」

伊丹が背中から上着を着せかけ、麗音を取調室から連れ出した。


億万長者のタワーマンションを辞去した特命係のふたりは、その足で万津幸矢が住んでいた古びた賃貸マンションを訪れた。

遺品を整理していた蒔子が、息子の遺影の前で右京に訴えた。

「そんなに静さんを罪に陥れたかとですか。何度訊かれたって、静さんが箱の中身を知らんかったことは間違いありません」

「その根拠を知りたくて、うかがったんですがね」

「根拠って。しっかり閉じとって、開けた跡なんかなかったとやし」

「お母さん、伊丹刑事たちは静さんを罪に陥れようとしています。手柄を上げるため。でも俺たちは逆。それを阻止しようとしてるんですよ」

亘が嘘も方便で蒔子を説得しようとし、右京に「ね？」と同意を求めた。右京もとっさにその作戦に乗った。

「ええ。おうかがいしている根拠というのも、伊丹刑事たちの横暴を打ち砕くために、どうしても必要なんですよ」

これまで頑《かたく》なだった蒔子の態度が、ふと和らいだ。

「正直言うと、根拠って言われても困っとです。しっかり閉じとって開けた跡なかったからって、それが中身を知らんかった証拠にはなりませんもんねえ。でも、静さんはそんな嘘つきません。それはわかっとです。預かったまま、息子のことばを信じて、ずっと開けずにおったんです」

幸矢の部屋からの帰り道、亘が右京に話しかけた。

「気持ちの優しいお母さんですね」

「ええ。だからこそその優しさに付け入られることもあるでしょう」

そのとき、前から会社員らしき男が書類に目を落としながら歩いてきて、亘と肩が触れた。

「ああ、すみません！」

「こちらこそ、すみません」

男と亘が同時に謝るのを眺めていた右京が、あることに気づいた。

「万津幸矢はひとりで街をふらついていたのでしょうかねえ？」


一時間後、特命係のふたりは競艇場にいた。〈扶桑武蔵桜〉の事務所に問い合わせたところ、虎太郎はそこにいるはずだと聞いたのだ。虎太郎は舟券売場で見つかった。近くのベンチに移動して、右京が気になっていた疑問をぶつけた。

「いや、女が一緒だった」

それが虎太郎の回答だった。亘がスマホで、朱音静の写真を見せた。

「この女性？」

虎太郎は写真をじっと見て、「だと思う」と答えた。繁華街で肩がぶつかって幸矢が虎太郎に突っかかってきたとき、静は止めに入ろうとしたらしい。

「この間は女連れだったなんて言いませんでしたよね」

「訊かれていま、思い出したんすよ。あまりにもバカバカしいから、このこと自体忘れちまってたって言ったじゃないすか」

右京は虎太郎の説明に納得した。

「なるほど」

虎太郎と別れた後、右京が亘に言った。

「あの証言がたしかだとすれば、朱音静は夏頃には、万津幸矢の犯行を知っていたということになりますね」

上司の言わんとすることを、亘は正確に理解していた。

「となったら、得体の知れない預かり物を怪しまないはずがない。その時点で普通、中身を確認しますよね」

「それでもなお、なにかのおまじないと信じて開けずにいたとしたら、いささか能天気に過ぎますすねえ」


ふたりが特命係の小部屋に戻ってくると、角田が待ちかねていたようにパンダのマグカップを持ってコーヒーの無心に来た。そこでふたりから話を聞いた。

「そりゃ、伊丹にとっては朗報だね。あいつ、いま、万津の彼女まで立件しようと躍起になってるって話だから」

「これで銃刀法違反どころか、犯人隠避まで一気に視野に入りますもんね」

「たしかに」右京が亘のことばにうなずいた。「朱音静が、警官を撃ったという酔った万津幸矢の告白を聞いたのち、箱の中身を拳銃と知ってもなお隠し持っていたとすれば、万津を庇う、すなわち犯人隠避の意思があったと疑われても仕方ないでしょう」

「疑いが濃厚にはなったな」

角田がコーヒーをすったところで、右京が疑問を呈した。

「しかし、もしそうならば、せっかく庇っていたのに、なぜ庇い通さなかったのでしょうねえ」

「ん？」

「我々と時間差で、伊丹さんと芹沢くんが万津の家を訪ねた翌日、朱音静はお母さまに、実は彼から預かり物があると打ち明けたといいます。そしてふたりして中身を確認してみると、拳銃だったたと」

「で、そのとき、たまたま乗り込んだ伊丹さんたちが、その拳銃を押収した」

亘がことばを継ぎ、右京がさらに続けた。

「連行後の取調室で朱音静は、隠し通していずれ処分すればいい、つまり、証拠隠滅も辞さないとも取れることを述懐していましたが」

「そうか」角田が右京の疑念を理解した。「そのつもりなら最初から万津の母親に預かり物があるなんて言う必要ないか」

「ええ。これまでどおり、誰にも言わずに隠し持っていればいい」

「ことばと行動が矛盾してますね」と亘。

「朱音静がまさしく能天気で、本当に箱の中身を知らなかったということでなければ、筋が通りません」

「ですね」亘が相槌《あいづち》を打つ。

「息子に警察官銃撃の容疑がかかっていると知った直後、拳銃の現物を見れば、母親が黙っていないことは火を見るよりも明らかです」

亘が蒔子の心情を酌《く》んだ。

「たとえ伊丹さんたちが訪ねなくても、警察に届けてたでしょうね、あのお母さんなら」

なかなか結論を出さないふたりに、角田が焦《じ》れた。

「で、結局どっちだ？　はっきりしてくれ」

「知らなかったはずはない」右京が断じた。「朱音静は中身を知らないふりをして、彼からの預かり物があるとお母さまに告げたのだと思います」

角田は必ずしも納得していなかった。

「だが、そんなことをしたら発覚しちまうのは自明だったわけだろ？」

「ええ、つまりそれが狙いだった。朱音静はお母さまの性根《しょうね》に付け入る形で、証拠物件である拳銃を白日の下に晒したんですよ」

「なんでそんなことをしたんだ？」

「おそらく、自分が万津幸矢から拳銃を預かったのだということを、印象づけるためではありませんかねえ？」

　右京が推理を語り終えたとき、入り口から咳払《せきばら》いが聞こえてきた。

　タブレットを持って立っている青木年男を見て、亘が言った。

「なんだ、お前か。なんの用だ？」

「用もなく来るか、バカたれ」

　青木はつかつかと入ってくると、タブレットで動画を再生した。それは取調室のビデオカメラの映像で、麗音が上着を脱ぎ捨てる場面が後ろ斜め上からとらえられていた。

　角田が黒縁眼鏡を押しあげてのぞき込む。

「なんだ、こりゃ」

「取り調べの可視化。なんちゃって」

「相変わらず、のぞき見か」

　亘のひと言で、青木がむくれた。

「せっかく知らせにきてやったのに。ご覧のとおり、出雲麗音は危険ですよ。取り扱い要注意人物」

小部屋から出ていこうとする青木を、右京が呼び止めた。

「ああ、青木くん。実は君に調べてもらいたいことがあるんです。グッドタイミングでした」

捜査会議が終わった後、中園は伊丹と芹沢だけを残し、感触を確かめていた。

「犯人隠避の容疑が濃厚になったとはいえ、反社の証言のみ。それ突きつけて落ちそうか？」

「無理だと思います」

芹沢が否定的な見解を示すと、中園は伊丹に向き直った。

「なあ伊丹、この件は諦めろ。なんとか万津幸矢を殺人未遂容疑で送検できそうだから、それで十分だ。我々の面目も立つ。朱音静は明日の朝釈放しろ。いいな？」

その頃、右京と亘は留置場に静を訪ねていた。係員にドアを開けてもらい、鉄格子の中に入るなり、右京が言った。

「実はお詫びかたがた、結果報告に。我々、ちょっとした実験をしましてね」

その実験とは静のＨＭＤに関することだった。ネオ・ジパングへの入国を右京が二回失敗したあと、亘がＨＭＤを装着してトライしたのだ。しかし、パスワードとして選んだことばが、「すぎしたうきょうはへんくつおやじ」では、成功するはずもなかった。

亘はあっさり国外追放になってしまったのだった。

　実験のあらましを聞いた静が眉を顰《ひそ》めた。

「わたしのアカウントを無効にしたの？」

　右京が曖昧な笑みで応じる。

「ですから、そのお詫びも兼ねて」

「なんだってそんなことを」

「アカウント無効による国外追放処分の通知は、どういうタイミングで来るか、それを確認したかったんですよ」

　亘が実験の結果を伝える。

「そしたら無効になった直後に来た。自動送信メールなんだな。三回目のエラーを感知した時点で、間髪《かんはつ》を容《い》れずに送られてくる」

「それがなんなの？」

　不満げな顔の静に、亘が攻め込んだ。

「君、万津のお母さんに通知が来てるって言ったでしょ。そのメールの受信時刻調べたら、午後八時十六分だった」

右京が話を引き継ぐ。

「つまり夜です。しかし、お母さまが入国を試みたのはあの日の朝。もしもお母さまがアカウントを無効にしたのならば、通知はその直後に届いていないとおかしいんですよ」

「実際のところ、お母さんはエラー二回でやめたって言ってる。アカウントが無効になるのを恐れて」

「となると、誰が万津のアカウントを無効にしたのか。答えは簡単。午後八時十六分の直前に、エラーをさせることが可能だった人物。ええ、あなたしかいませんね」

右京は静を告発したあと、右手の人差し指を立てた。

「ここでひとつ疑問。あなたはなぜ、お母さまによってすでに二回、エラーがカウントされていることをご存じだったのでしょう？　仮にあの朝、お母さまが触りもしていなかったのならば、そもそもまったく成立しないお話です。つまり、あなたにすれば、確証があればこその行動だったわけで、ならばその確証とは、どこからどういうふうにもたらされたものなのか、非常に気になっていましてねえ。教えてくださいませんか？」

静が右京から視線を逸らした。

「大声出したら誰か来る？」

「答える気はさらさらないということですか」

目を伏せた静を、右京はじっと見つめた。

七

加西周明は都心の公園で毎朝の日課をこなしていた。ランニングウエアに身を包み軽快に走る加西の隣を、ワイシャツに革靴というジョギングには似つかわしくない格好で亘が走っていた。

「すでに二回エラーがカウントされてるなんて、パッと見わからないでしょう。画面に警告が出るわけじゃないし。結局そういう情報って運営管理者しか知り得ない」

走りながらの乱れた息で亘が質問をぶつけると、加西は平然とした顔で答えた。

「君主イザナなら把握してるかもね」

「そしてあなたも。だってあなたは、ネオ・ジパングの建国の父であり、君主イザナを生み出した母であり、いわば創造主」

並走するふたりの前に右京が現れた。ジョギングコースの脇で待っているのだった。

「一緒に走ろうよ。訊きたいこと、あるんだろ？」

加西が誘っても、右京は乗らず、亘に手を振った。

「冠城くんが訊いています。よろしく」

加西が話を戻す。

「要するに、俺が情報流したって言いたいわけね」

亘がかまをかけた。

「朱音静のこと、本当は知ってるんじゃありません？」

「知らない」

「断言しちゃって平気ですか？」

「そもそもさ、なんで俺がそんなことするわけさ」

「それがわからないから一緒に走ってるんですけどもね」

ふたりの背中を見送った右京はスマホを取り出して、青木に電話をかけた。

「お願いした件、進展ありませんか？」

——いまのところ、両者を結び付ける痕跡は見当たりませんね。

「そう。実はもうひとつだけ調べていただきたいことが」

釈放された朱音静はその夜、自分のマンションに戻ってきた。するとそこに髪の長い潑剌《はつらつ》とした印象の女性が現れた。

「朱音静さんですよね？　『週刊フォトス』の風間と申します」

次の日の朝、特命係の小部屋に角田が勢いよく駆け込んできた。

「おい、聞いたか？」

「ああ、おはようございます」

右京と亘は『フォトス』の記事を読んでいた。

「おお、おはよう」

「聞いたかってなにを？」

亘が訊いたが、角田はふたりの読んでいる記事のほうが気になるようだった。

「いや。なんだ？　どうした？」

「いや、『フォトス』の最新号ですけどね」

亘が差し出した誌面を、角田がのぞき込む。

「えっ？　『警視庁白バイ隊員銃撃犯は〝女〟だった‼』？　なんだ、これ。得意のフェイクニュースか？」

「有力筋からの情報って書いてますけどね」

亘の指摘を、角田は一蹴した。

「この手の記事の有力筋だの業界関係者だのは、全部嘘っぱちって相場が決まってる。へえ、これがその女ってか？」

誌面には顔の部分にモザイクをかけたショートカットの女性の写真が載っていた。

「で？」亘が角田に訊く。

「えっ?」

「聞いたかって」

「ああ! 聞いたか? とうとう万津幸矢を銃撃犯として送検したぞ」

「でも『フォトス』は犯人、女だって言ってますけどね」

「『フォトス』信じてどうするよ。それこそ反社の証言のほうが百倍マシだぞ。しかしこの写真、配慮されてはいるが、さすがに本人が見ればわかるだろ。下手すりゃ名誉毀《き》損《そん》で訴えられるぞ」

角田の言うとおり、写真は見る人が見れば朱音静とわかるものだった。当然、右京もわかっていた。

「ええ。探られても痛くないお腹をお持ちのようでしたら訴えるでしょうねえ、こちらの女性」


同じ記事を捜査一課のフロアで出雲麗音が読んでいた。伊丹が近づいて、麗音の手から『フォトス』を取り上げた。

「万津幸矢の書類送検が済んだ。もう気持ち切り替えろ」

伊丹は『フォトス』をゴミ箱に投げ捨てると、自分の席に着いた。

しばらくして、特命係の小部屋に青木がやってきた。調べものの結果を報告書にまとめて持ってきたのだ。

「かなり前なのに、ずいぶんよく調べたな」

報告書を読みながら、亘が珍しく同期のサイバーセキュリティ対策本部特別捜査官を褒めた。青木は自慢げに鼻を鳴らした。

「俺を見くびるな。三名のうち、春日志乃《かすがしの》はすでに死亡。当選時、九十を超えてましたから。残り二名のうち、注目はなんといっても鯨岡聡子《くじらおかさとこ》ですね。ページめくれ、冠城亘」

亘が言われるままにめくると、新聞記事のコピーが貼り付けてあった。記事の見出しは、『南新宿公園を全裸で疾走　公然わいせつ容疑女性逮捕』となっている。その女性の名前を目にした右京の瞳が輝いた。

「この方、当選者でしたか」

鯨岡聡子は銀座のクラブのママだった。右京と亘は開店前のクラブに聡子を訪ねた。

「なんでまたストリーキングなんか？　『意味なく一億円あげちゃうキャンペーン』に当選して弾《はじ》けちゃったとか？」

聡子はタバコを一服してから、亘の質問に答えた。

「そりゃあなた、突然一億もらったら狂喜乱舞だけど、誰も好き好んで素っ裸で公園走るわけないでしょ」

「どなたかにそそのかされたりしたのでしょうかね？」

右京が水を向けると、聡子は煙を盛大に吐き出した。

「もういいか、どうせ時効だわね。加西社長よ。もう一億やるから公園を全裸で走れって。あいつ、変態よ」

聡子の店から立ち去りながら、右京が相棒に言った。

「どうやら施しが趣味というわけではないようですねえ」

「むしろ札ビラ切って、相手を意のままに操るって感じですかね」

「今回の銃撃も加西社長のオーダーだったとしたらどうでしょう？　莫大なお金と引き換えに……」

亘が上司のことばの続きを読む。

「人殺しをさせようと？」

「未遂に終わりましたがね」

亘は特命係の小部屋に戻っても、まだ事件のことを話題にしていた。

「こうなったらなおさら、朱音静と加西社長、ふたりに接触があった痕跡が見つかれば、突破口になると思うんですけどね。加西社長、はっきり朱音静のことを知らないって言い切ったのに、嘘だったとしたら嘘つく理由があるはずですからね」

部屋には青木の姿もあった。

「さすがの君も手こずっているようですねえ」

右京にやんわりと揶揄され、青木がムキになる。

「仮に連絡取り合ってるとしても、通常の手段じゃないと思いますよ。僕の調査網をかいくぐることなど、通常は不可能ですから」

「なるほど。つまりは通常ではない手段。ああ、なんでこんな簡単なことに気づかなかったのでしょう。僕としたことが」

右京はなにか閃《ひらめ》いたようだった。

ネオ・ジパングのヴァーチャル空間内にある〈八点鐘《はってんしょう》〉というコンサートホールには、パイプオルガンによる荘厳な音楽が流れていた。

その中央付近のシートに仮面をつけた大道芸人がゆったりと座っていた。そこへ白いドレスを身にまとった女性がやってきた。その女性は朱音静のアバターだった。大道芸人が仮面を外した。現れたのは加西周明のアバターだった。

「やっと来たか。国外追放になってたから仕方ないね。困った事態になってるね」

静のアバターが神妙な表情になる。

「待っててくださって感謝します」

「善後策を講じる必要があるからね」

「まさか雑誌にまで書かれるなんて」

静のアバターが顔を伏せたとき、ホールの入り口からきちんと正装したふたりの男が入ってきた。ふたりが右京と亘のアバターだと気づいた加西のアバターが舌打ちする。

「あいつら！」

「気づいたようですねえ」

右京のアバターが亘のアバターに語りかける。

「予想どおりヴァーチャルで密会」

右京と亘のアバターが近づいてくるのを見て、加西のアバターは「ログアウト！」と叫んだ。次の瞬間、加西のアバターがヴァーチャル空間から消えた。一方、静のアバターは身を翻《ひるがえ》して〈八点鍾〉から逃げ出した。

「逃げましたね」

亘のアバターが言った。

特命係の小部屋にいた右京がＨＭＤを外した。

「ヴァーチャルでは逃がしても、リアルでは逃がしません」

亘もＨＭＤを外した。

「もちろん」

「さて仕上げといきますか」

右京がスーツのポケットからスマホを取り出した。


朱音静は自分の部屋でＨＭＤを外した。〈八点鍾〉に右京と亘のアバターが突然現れたことで、いまだ動悸が治まらなかった。

と、玄関のチャイムが鳴った。静の体がビクッと震えた。無視しようとしたが、チャイムは何度も鳴り続けた。恐る恐る玄関まで移動して、ドアスコープをのぞく。ドアの前に立っていたのは、出雲麗音だった。

「なんの用？」静が声を絞り出す。

「開けてくれる？」

「帰って」

「なら、ここで言うから聞いて」麗音がドア越しに声を張った。「思い出したの！　週刊誌の記事で記憶が蘇った。わたし、犯人目撃してたのよ！　白バイから投げ出された瞬間、バックミラーに映った犯人の姿を見たの。犯人はあなたの恋人じゃない。あなたよ！」

ドアの向こうで崩れ落ちるような音を耳にして、麗音はスマホを取り出した。スマホには先ほど右京から届いたメッセージが表示されていた。

――それでは手筈《てはず》どおりにお願いします。

麗音は「いま、終わりました」と入力して、メッセージを送信した。


刑事部長室で中園の報告を受けた内村が声を荒らげた。

「なんだと⁉ 真犯人が出頭しただと？」

「万津幸矢の書類送検を終えた矢先だというのに！」

中園の額には汗が浮かんでいた。


タワーマンションの部屋に特命係のふたりを招き入れた加西は、観葉植物に水をやりながら、感心したように言った。

「よくわかったね、〈八点鍾〉が」

「密会場所ですか」右京が理由を明かす。「朱音静さんの部屋にパイプオルガンの写真が飾ってあったのを思い出しましてね。巨大なパイプオルガンのあるホールです。見回したところ、他には音楽、あるいはオペラや演劇に関するものは見当たりませんでしたから、いささか唐突な気がしましてね、記憶に残っていた。結果それがヒントになりました」

亘も種明かしに加わった。

「知り合いにネオ・ジパングの国民がいるもので、訊いてみたらあっさり特定できました」

「すばらしいね。君主イザナもきっとお喜びになるよ」

相変わらず植物に水をやり続ける加西に、右京が顔を近づけた。

「今回の一件、あなたの関与が明るみに出るのは、時間の問題だと思いますよ」

水やりを終えた加西は素知らぬ顔で、熱帯魚の水槽の前に移動した。そしておもむろに餌をやりはじめた。無関心を装う億万長者に、右京が推理を語った。

「あなたは万津幸矢が転落死したあと、ネオ・ジパングへの不正ログインが二回試みられているのを発見して、朱音静さんに伝えた。当初とぼけてらっしゃいましたが、万津幸矢のことが気がかりだった。だから直ちに気づいたわけです」

亘が推理を引き継ぐ。

「結局、不正ログインは万津の母親の仕業でしたけど、朱音静はそれを利用して万津を国外に追放した。ネオ・ジパングでの彼の足取りを消し去りたかったんでしょう」

再び右京が発言した。

「彼女にとっては渡りに船だった。自ら率先してやれば、調べられたときに怪しまれるところを、すべて母親がやったということで逃れられますからねえ」

突然加西が振り返った。

「君ら、給料いくら？」

「はい？」

「三億、いや六億やるよ、それぞれにね」加西は壁際のキャビネットから無造作に札束を取り出し、テーブルの上に置いた。

「とりあえず手付け」

「六億円とは、目眩《めまい》がしそうな額ですねえ」

右京が目を輝かせると、亘は札束を手に取った。

「目眩どこじゃ済みませんねえ」

「悪くないだろ？」

微笑みかける加西に、右京が声のトーンをあげて言った。

「六億円いただけるなんて夢のようなお話です」

「だろうね」

そこで右京が右手の人差し指を立てた。

「ひとつだけ質問よろしいですか？」

「なんだい？」

「我々はいったい、なぜそんな大金をいただけるのでしょう？」

笑みが消えた加西に、亘が質問した。

「朱音静にもこうやって話を持ちかけたんですか？」


警視庁の取調室では、静が伊丹と芹沢から取り調べを受けていた。

「六億やるからって」

静の口から出た途方もない金額に、芹沢の声が裏返る。

「六億⁉」

「拳銃も用意してやるって」

伊丹が顔をしかめた。

「銃の受け渡しはどうやった？」

「コインロッカー。鍵をロッカーの上に隠しておくという古典的なやり方だけど、安全だからって」

「六億やるから白バイ隊員を撃ち殺せって言われて、拳銃も準備してもらって、犯行に及んだってことか」

伊丹が怒りをこらえて確認する。静は悪びれもせずに言った。

「でも、しくじった。あの女、生き残っちゃったから失敗判定。六億はチャラ」

「ちょっと待て。六億もわかったし、とんでもない大金だけどさ、それと引き換えに人殺し？　するか、普通？」

芹沢のことばに、静が逆上した。

「だから！　殺し損ねたからもらってないんだよ、六億円！」

「そんなことじゃねえよ！　あんた神経どうかしてるよ！」

芹沢の非難に、静は意味がわからないというふうに言った。

「六億だぞ……」

取り調べのようすをマジックミラー越しに麗音がじっと見つめていた。


タワーマンションの最上階では、加西が持論を語っていた。

「一千万や二千万のはした金じゃないんだ。億だよ。それも一億や二億じゃない。勝負に出る勇気のないやつは決まって正義だの道徳だの倫理観だのを持ち出す。そういうやつには大金はつかめない。気の毒だが、負け犬のままの人生を送るんだよ」

「あなた、ご自身を勝ち組と認識なさっているのでしょうか」

右京が憐れむように訊いても、加西はこたえていなかった。

「みんな本当は、俺のことがうらやましくて仕方ないんだ。だって大袈裟《おおげさ》じゃなく掃いて捨てるほど金あるからね」

「拝金主義も、そこまでいくと大したもんだ」

亘が小声で嘲《あざけ》っても、加西は動じなかった。

「金に見放されたやつの批判なんか、痛くもかゆくもないよ」


取調室では静の取り調べが続いていた。

「その君主イザナってのが、そもそものきっかけだったってことだな？」

伊丹が確認すると、静は認めた。

「売り出した都心の億ション、その購入権が当たったの。わたし、リアルじゃ生活キチキチで貯金なんてこれっぽっちもないけど、ヴァーチャルではそこそこ貯め込んでたから、さ、それをはたいて買おうとしたんだ。そしたら、加西さんに街で声かけられて。マンションもいいけど、現ナマで六億のほうがもっとよくないかって」

「で、結局、マンションより人殺しを選んで、犯行に及んだけど、殺し損ねて一銭にもならず。バカじゃねえか」

芹沢が静をこきおろす。

「利口だったら、もう少しマシな暮らしできてたわよ」

「それにしても、なんでこんなやばい話、あんたの恋人は吹聴したんだよ」

伊丹が疑問をぶつけると、静はうんざりしたような口調で続けた。

「あの子もわたし以上にバカだから、加西さんに要求したの。失敗したとはいえ、やることはやったんだから、半分の三億寄越せってね。加西さんはそんなの、まったく相手にしなかったけどね。億万長者とその日暮らしの派遣社員じゃ、最初から勝負ついてるよ。そんなさなか、雇い止めになって、むしゃくしゃした気分のまま飲みに行って、あの子、街で余計なこと……」


タワーマンションの一室では、加西がぬけぬけと語っていた。

「万津くんがそんなに金が欲しいんなら、チャンスをくれてやろうってことでさ」

「チャンス？」亘が訊き返す。

「嵐が丘の大道芸人のまねして、ビルよじ登ってごらんって。成功したら三億くれてやるからって。もちろん最初はビビってたけど、男なら恋人の失敗、リカバリーしてやれよって挑発したら、決心したよ。万津くん、本番に備えて嵐が丘に通い詰めて、イメージトレーニング積んだみたいだけどね」

「転落死を予想してたでしょ？　いや、むしろ望んでた」

亘の穿《うが》った見方を、加西は否定した。

「そんなことはない。成功を祈ってたさ。しっかり三億くれてやるつもりだったしね」

「ならば素直にあげたらよかったじゃありませんか」

右京のことばに、加西は両手に札束を握りしめて笑った。

「大金欲しけりゃ、リスクを取らなきゃ。物乞いじゃないんだ」

右京が右手の人差し指を立てる。

「ひとつ確認。あなたは銃撃目標を白バイ隊員に限定してオーダーしたようですが、それはなぜですか？」

「白バイ隊員に限定したんじゃない。北上馬《きたかみうま》の交差点でいつも張ってる白バイ隊員に限定したんだ。しょっちゅうあそこでさ、目障りでさ！　俺、逮捕されるの？」

「然るべき者がお迎えにあがると思いますよ」

「そう」

加西は関心なさそうに札束を宙に放った。帯封がほどけてバラバラになった紙幣が、高級マンションの部屋の中をひらひらと舞った。

取調室では、静がゲッコーメンのコスチュームについて語っていた。

「あの衣装、わたしのプレゼントなのよ。精いっぱいの応援の印。応援むなしく失敗に終わっちゃったけど。本当はそんな彼に濡《ぬ》れ衣《ぎぬ》なんて着せたくなかった。でも、そうするより他なかったんだ」

ふてぶてしく供述を続けてきた静も、最後は涙声になっていた。

取調室の隣の小部屋では、麗音が壁にもたれて座り込んでいた。自分がなんのために殺されかかったか、その真相を知り、あまりの虚しさに立ち上がる気力もなかった。


その夜、家庭料理〈こてまり〉のカウンターにはひとりの女性客の姿があった。

「はい、お待ちどおさま。どうぞ」

小手鞠が料理をカウンター越しに差し出す。

「どうも」

「さしずめ誘蛾灯」小手鞠は入り口の引き戸に視線を投げ、「表のお札。やっぱり警察官が寄ってくるみたい。広報課長さんでしょう？　雑誌では目線入ってたけど、わかる」

社美彌子は唖然《あぜん》とし、「ユーガトーって、蛾を誘う灯り」と口にしてからようやく納得した。

「あっ、ごめんなさい。いいたとえが思いつかなくて」

「いいえ。わからなかったことがやっとわかって。だけど、聞いてたとおり」

「えっ？」

「女将さん、不思議な人だって」

甲斐峯秋が美彌子にこう言ったのだった。

――それがね、なんとも言えずにいいんだね。その不思議さが癖になる。君も一度行ってみるといい。

それを聞いた小手鞠が手を打った。

「ああ、甲斐さんからのご紹介ですか。人を不思議ちゃんみたいにねえ、失礼だわ。今後ともご贔屓に」

「こちらこそ。でもあまり来ると、ふたりに迷惑がかかるから。杉下冠城コンビです。ここ、ふたりの憩いの場でしょ？」

「ならば、ＫＧＢの会合で使ってくださいな」

「えっ？」

「その日は貸し切りにしますから。おふたりに気兼ねなく女だけでとことん」

本気かどうかわからない小手鞠の提案に、美彌子は困惑した。

「検討します」

捜査一課のフロアに亘が駆け込んできて、伊丹に詰め寄った。

「逮捕に待ったがかかったって本当ですか⁉」

「でけえ声出すな」

伊丹が亘を廊下に引っ張っていくと、芹沢が麗音に言った。

「お前があんなふうに青臭くならないよう、俺がしっかり面倒見てやるからよ」

麗音は慇懃に腰を折った。

「よろしくお願いします」

廊下では、亘が伊丹に訊き返していた。

「鶴？」

「ひと声だよ」


衣笠副総監が加西周明の逮捕を止めたという噂の真偽を確かめるため、特命係のふたりは組織図上は上司ということになっている甲斐峯秋に話を聞いた。

峯秋は衣笠の関与に関して、「彼本人の意向じゃない。逆らえない上の意向だろう」とにおわせた。

「上って誰です？　警視総監？　それとも警察庁長官？」

亘が追及したが、峯秋は明言を避けた。

「具体的なことはわからないがね。そういうカテゴリーの人間じゃないと思うよ、こういう無理を通すのはね。君だって官僚だったんだ、上でうごめく人間どものおぞましさは知ってるだろう」

「大いに見くびりすぎました」右京が歯嚙みする。「彼の札束でコントロールされていたのは、貧しい人々だけじゃないようですねえ」

「しっかり中枢にも食い込んできますね、あの億万長者」

亘のことばを聞いて、右京が発奮した。

「僕は許しません。近いうちに突き止めて、必ずや首を取ります。必ず！」

第二話

「目利き」

一

「来ないで！」

マンションの屋上は緊迫した空気に包まれていた。落下防止用に張り巡らせたフェンスの向こうで、生活疲れがうかがえる年配の女性が詰めかけた制服警官たちを牽制《けんせい》していたのである。

「やめなさい！」

「落ち着きましょう！」

警察官たちはなんとかその女性、三好由紀子《みよしゆきこ》をなだめようとしたが、本人は自暴自棄になっていた。

「ごちゃごちゃ言うな！」

由紀子はそうわめくとフェンスから両手を離した。警察官たちからはどよめきが湧いた。

そんななか、落ち着いた声で「ちょっと失礼」と断りながら、警察官たちの間を縫って進み出た男がいた。警視庁特命係の変わり者警部として知られる杉下右京だった。

警察官たちの虚をついてフェンスの前まで歩み寄ると、こちらも呆気《あっけ》に取られているようすの由紀子に向かって微笑《ほほえ》みかけた。

「こんにちは。こちらにお住まいですか？　素敵なマンションですが、ここから飛び降りたらこのマンション、事故物件となり価値が下がってしまいますよ。ご近所さんもいい迷惑でしょうねえ」

気勢をそがれた由紀子が両手をフェンスに戻す。その手をたくましい男の手ががっちりとつかんだ。右京の相棒の冠城亘がいつのまにか近づいていたのだった。

由紀子を保護した右京と亘は、近くの交番で事情を聴いた。由紀子は詐欺に遭ったと語った。

「五百万？」

被害金額を聞いた亘が声をあげると、由紀子はうなだれたまま「はい」とうなずいた。

「そんな大金、どうやって」

「夫と離婚したところだったんです。その慰謝料を全部……」

右京が質問を放つ。

「騙《だま》し取られた手口というのは、いったいどのようなものだったのですか？」

「勧誘の電話がかかってきたんです、資産運用の……。いまから思えば、バカバカしいんですが、そのときは離婚したばかりで先行きが不安だったこともあって、つい」

由紀子によると、人のよさそうなビジネスマン風の男が家を訪ねてきて、資料を広げてことば巧みに勧誘したのだという。

「聞けば聞くほど、いまあるお金を有効に使って資産を増やさないとっていう気持ちになって、まず、二百万預けました」

Vサインのように二本の指を掲げた由紀子に、亘が確認する。

「まずって、何度も引っかかったんですか？」

由紀子は深くうなずき、自らの失敗談を語った。

「最初は、すぐに配当が出て喜んでたんです。そしたらまた連絡があって、特別に利回りのいい投資先を教えますって。また二百万。そしたら今度は消費者センターから電話があって、最近こういう詐欺が流行ってるんですけど、心当たりはありませんかって。わたし、もう心配になっちゃって……」

右京が話の先を読んだ。

「で、調査をお願いしたわけですね？」

「それでまた百万。慰謝料でもらった五百万、すべて失ってしまいました。バカですよね」

「警察に相談は？」亘が訊《き》く。

「しました。でもお金は戻ってこないだろうって。もう、どうしたらいいか……」

由紀子は机に突っ伏して泣き崩れた。

翌日、右京と亘は捜査二課のフロアに行った。ふたりに対応したのは塚本《つかもと》という中堅刑事と吉井《よしい》という若手刑事だった。ふたりとも眼鏡をかけ、小太りの体形で、似た者同士という印象だった。

渡された写真を一瞥《いちべつ》して、塚本が椅子に腰かけたまま言った。

「三好由紀子。ああ、この方が詐欺被害に遭ったという話なら所轄から聞いてますよ」

「飛び降りようとしたんですか？」

確認する吉井に、右京が答えた。

「ええ。だいぶ追い詰められていたようです」

「ここ数カ月、詐欺被害に遭った人の自殺が目立っていますよね。調べてみたら、いずれも同じ手口で二度三度と騙されている」

亘が探りを入れると、右京が訊いた。

「二課では、その詐欺グループを特定しているのでしょうか？」

そこへ、目のぎょろりとした長身のベテラン刑事が不機嫌そうな顔で入ってきた。

「塚本、無駄話している暇があるのか？」

大声で叱責された塚本は立ち上がり、頭を下げた。

「すみません……」

特命係のふたりを無視して席に着いたベテラン刑事に、右京と亘が近づいた。

「これは失礼。捜査二課係長の尾崎《おざき》さんですね？　特命係の杉下と申します」

「冠城です。捜査についてちょっと訊いても？」

「部外者に話すことはありませんよ」

尾崎はにべもなかった。

「いやしかし、すでに自殺者まで出てる。対応が遅いんじゃないですか」

亘が責めると、尾崎は声を張った。

「一網打尽にすべくいま動いてる。いらぬご心配は無用です」

右京は亘を目で制し、尾崎に頭を下げた。

「失礼しました」


数日後、江東区のうらさびれた歩道橋近くで、捜査二課係長の尾崎徹《とおる》の遺体が見つかった。

駆けつけた捜査一課の伊丹憲一と芹沢慶二に、鑑識課の益子桑栄が説明した。

「頸動脈《けいどうみゃく》を損傷しての失血死だな。別の場所で殺されて、ここに捨てられたようだ」

尾崎の遺体には首に大きな傷痕があり、相当な量の出血があったと思われたが、遺体の下の舗装道路には血痕はなかった。首の傷を目にして、伊丹がつぶやく。

「ひでえな」

芹沢も眉を顰《ひそ》めた。

「誰がこんなことを」

伊丹が遺体の胸ポケットからボールペンを取り出した。ボールペンはなぜか焼けただれていた。

「おい、なんで焼け焦げてんだ？」

伊丹が疑問を呈すると、益子が説明した。

「ただのボールペンじゃない。録音機能付きだ」

そこへ小太りな体形の眼鏡をかけたふたりの刑事が駆け寄ってきた。尾崎の部下の塚本と吉井だった。

塚本が遺体の横にひざまずく。

「尾崎さん！」

「クソッ、あいつら！」

吉井のことばを伊丹が聞き咎《とが》めた。

「あいつら？」

「尾崎さんが追っていた詐欺グループの連中ですよ！」

塚本が伊丹の手にある焼け焦げたボールペンを示した。

「それも特殊詐欺犯がよく使う手だよ。復元できないように焼いてデータを壊すんだ」

「つまり、尾崎さんはなにか決定的な証拠をつかみ、そのせいで連中に殺された」

芹沢が腑《ふ》に落ちたように言ったとき、どこからともなく右京が現れた。

「しかし、捨ててしまえばよかったものを。なぜ彼らはこのボールペンをまた元に戻したのでしょうねえ」

伊丹は右京とともに亘も現れたことに呆れて、投げやりに言った。

「挑発でもしてるんじゃないんですか！」

「本当におふたりは神出鬼没で！」

皮肉をぶつける芹沢に、亘が返す。

「そっちはひとり、足んないんじゃないですか？」

「出雲のこと？　まずは現場の前に下積みから」

「結局、いつものむさ苦しいおっさんだけですね」

「お前らもだよ！　ったく……自分は若いつもりかよ。行くぞ！」

伊丹はうんざりした表情で、後輩に声をかけた。

「はい」

捜査一課のふたりが立ち去り、捜査二課のふたりが鑑識課員と一緒に遺体を運び出していったあと、右京と亘は近くに並べてあった尾崎の遺留品を検《あらた》めた。右京が白手袋をはめて、財布を開いた。財布のポケットには何枚ものテレフォンカードが入っていた。

亘が白手袋の手でそれを取り上げる。

「テレフォンカード、懐かしいですね」

右京は財布の中から、一枚のレシートを見つけた。昨夜八時過ぎ、尾崎は江東区内のショッピングセンターで、三千円近くする洗剤を購入していた。


右京と亘はその後、レシートを発行したショッピングセンターを訪れた。係員に尋ねたところ、洗剤の実演販売のコーナーへ連れていかれた。

「この水由来のアメイジングウォッシュ、めちゃくちゃ安心安全で手荒れ肌荒れしません。だからこんなふうに、口に入っちゃっても大丈夫です。しかも、こんな油性ペンの汚れなんかも簡単に落ちちゃうんです。あっ、お客さま、お試しになっていきませんか？　お客さま、お客さま！」

男の販売員がことば巧みに洗剤を売り込んでいたが、足を止める客はいなかった。

「ちょっと、すみません」

亘が背後から声をかけると、販売員が急に振り返った。その勢いで持っていた油性ペンのペン先が亘のシャツをかすった。淡いブルーの生地に黒い線が残った。

「すみません！　お高いシャツですよね？　申し訳ありません！　でもあの……ちょっとよろしいですか？　ちょっとだけ」

販売員が謝りはじめると、トラブルを嗅ぎつけた客が続々と周囲に集まりはじめた。

「まあ、いいですけども」

「失礼します」

販売員は売り物のスプレー式洗剤を手に取った。そして、亘のシャツに洗剤を吹きかけると、布で拭き取った。一瞬でペンの汚れが消えたのを見た客たちからどよめきが起こる。販売員はテーブルに戻って、油汚れのひどいガスレンジに洗剤を吹きかけた。

「さあ、そこでご注目！　このアメイジングウォッシュ、こんな感じで汚れに吹きかけたあとに、スッと拭き取るだけで、こんなに汚れが落ちちゃうんです。さあ、この画期的な洗剤、アメイジングウォッシュ。なんと今日だけ、数量限定二本セットを、三十パーセントオフでのご提供です。ぜひこの機会にお買い求めください」

客たちが次々と洗剤に手を伸ばし、見る見る売れていく。販売員は「どうもありがとうございます。レジはあちらです！」と声を張りながら、亘に洗剤を一本渡した。

「あっ、お兄さん、すみませんでした。お詫《わ》びにこれどうぞ」

「いやあ、すばらしい手際ですね」

右京が褒めると、販売員はにんまり笑った。

「いえいえ。このアメイジングウォッシュを使えば、どなたでも簡単に落とせますよ」

「ところで、さっきのは本当に？」

右京がかまをかける。

「はい？」

「わざとやったのでは？」

「お客さん、ショーっていうのは種明かししたらつまんないんですよ」

「なるほど」

右京が曖昧《あいまい》に笑ったところで、亘が警察手帳を掲げた。

「我々こういう者ですが」顔色の変わった販売員に、亘は尾崎の写真を見せた。「この男性、昨日、ここでこの洗剤を買ってるんですが、見覚えありません？」

「どうかしたんですか、この人」

「昨夜、殺害されまして」

「えっ、それは大変ですね。ああ、この人はたしかに。あれですよね、結構小柄な」

「いや、大柄ですが」

「じゃあ、あっちだ。ぼそぼそしゃべる……」

「声は大きいですけどね」

「あれ？　紺のスーツ着てた人じゃないのかな……」

とんちんかんなことばかり言う販売員に、亘は呆れたようだった。

「茶色ですがねえ」

「なんかすみません。お役に立てず……」

「いや、ご協力どうも」

ふたりのやりとりを見ていた右京が前に出た。

「やはり口が物を言う商売の方は違いますねえ。突然警察が来ても、立て板に水でことばが出てくる」

「いやいや、実演販売で大事なのは目利きですよ」

「ほう、目利き」右京が感心する。

「例えば、帽子やマスクをしてる人には声をかけない。声をかけた人の表情が見えないと、他の人は集まってきません。どの客を捕まえるか、ひとり目の客で勝負は決まる。だから、あなたみたいに疑い深い客は論外」

極意を語る販売員に、右京が慇懃《いんぎん》に腰を折った。

「勉強になりました」

警視庁に設けられた捜査本部では、参事官の中園照生が捜査員たちに報告を求めていた。

「よし、次、青木」

　捜査会議に呼ばれていない右京と亘がドア口からようすをうかがっていると、指名されたサイバーセキュリティ対策本部の特別捜査官、青木年男が起立した。そしてスクリーンに映像を映し出した。

「昨夜の尾崎さんの足取りですが、ショッピングセンターに立ち寄る前に、近くの公園にいたことがわかりました。そのときの防犯カメラの映像です」

　尾崎はなにかを捜しているかのように、大きな目を見開いて、あちこち見回していた。

「キョロキョロしてるな」

　見たままの感想を口にした中園に続いて、塚本が意見を述べた。

「きっと誰かを尾行していたんだと思います。でもまかれて、見失ってしまったか……」

「そのあとショッピングセンターを出たところで、今度はそいつに待ち伏せされて殺されたってことか」

　伊丹のことばを受け、中園がホワイトボードに貼り出された現場付近の地図の前に立った。ショッピングセンターと遺体発見現場に×印がつけられている。

「だとして、なんでこんな離れた場所へ遺体を動かしたんだ？」

「参事官は三年前、宮原《みやはら》という男が亡くなったのを覚えていますか？」

塚本が問いかけた。

「宮原？　ああ、尾崎の捜査協力者だった男か」

「はい」

「殺人の決め手がなくて事故扱いに終わったが、詐欺組織から報復を受けたことは明らかだった」

「尾崎さんの遺体が見つかった場所は、その宮原が死んでいた現場と同じです」

塚本がもたらした情報に、中園が反応した。

「なに⁉」

「尾崎さんが追っていた詐欺グループの手口は三年前とそっくりなんです。ひとりの人間を何度も騙し、自殺にまで追い込む……またあの兵頭《ひょうどう》が親玉に違いありません」

「兵頭？」中園が塚本に訊き返す。

「〈蠍龍会《かつりゅうかい》〉幹部、兵頭武史《たけし》。三年前の詐欺組織を仕切っていたとみられる男です」

塚本が答えたところで、吉井が内ポケットから一枚の写真を取り出し、ホワイトボードに貼った。

「この兵頭が、尾崎さんを殺したに違いありません！」

「参事官、このグループの連中全員、詐欺容疑で引っ張らせてください。三年前は証拠がつかめず逃げられましたが、今度こそ兵頭を挙げてみせます」

塚本が中園に頼み込んでいると、伊丹が立ち上がり、どすの利いた声で言った。

「おい待てよ、仕切るのはうちだ」

「これはうちの事件《ヤマ》なんだよ！」

「もう詐欺事件なんかじゃねえ。事は殺人なんだよ！」

「詐欺事件なんか、とはなんですか！」

抗議する吉井を、芹沢が挑発した。

「二課に殺しが扱えんのかよ！」

一課の刑事と二課の刑事がいがみあいをはじめたところで、右京と亘が会議室に入ってきた。すかさずホワイトボードの前へ進む。

「あっ、なんでお前らがいるんだ、杉下！」

中園に怒鳴りつけられても、右京は動じなかった。ホワイトボードに貼られたレシートを指差し、疑問を呈した。

「尾崎さんが最後に買った、このアメイジングウォッシュなんですがね、五十過ぎの独身男性がわざわざショッピングセンターまで行って、こんな高い洗剤を買う理由とは、いったいなんなのかと思いましてね」

上司のことばに合わせ、亘がアメイジングウォッシュのボトルを高く掲げた。

中園が声を荒らげる。

「なにが言いたい？　とっとと出てけ！」

右京と亘が特命係の小部屋に戻ると、組織犯罪対策五課長の角田六郎がふらっと入ってきて、亘がデスクの上に置いた洗剤を目敏《めざと》く見つけた。

「おお、アメイジングウォッシュ。こいつは優れもんだよ」

「え、知ってるんですか？」

「当然でしょ。ここじゃ課長課長呼ばれててもさ、家に帰ればゴシゴシ掃除ですよ。カミさんにこき使われて」

「俺のまわり、結婚に失敗した人ばかりだなあ」

「バツ持ちの杉下と一緒にするな」

角田はそう言い残すと右京の目から逃れるように出ていった。右京は角田と亘の軽口を聞き流し、パソコンで逮捕者リストのデータベースを見ていた。

「やはり、思ったとおりでした」

亘がのぞき込む。そこには酒井《さかい》直樹《なおき》という男の写真が示されていた。

「これ、実演販売の……」

「ええ。酒井さんとおっしゃるようです」

亘は「担当刑事：捜査二課　尾崎徹」という記述に気づいた。

「尾崎さんのこと、知ってたのか。なんでわかったんです？」

上司の慧眼《けいがん》に亘が感心すると、右京はデスクの上の洗剤を手に取った。

「これですよ。普通、実演販売というのは、目当ての買い物のついでに寄るところ。それなのに尾崎さんは、わざわざショッピングセンターまで行って、これしか買っていなかった。ということは……」

右京に水を向けられ、亘にも想像がついた。

「初めから、この酒井と会うのが目的だった」

「ええ。それに酒井さん、目利きが大事だと言っていたのに、尾崎さんのことをまったく覚えていないものでしょうかねえ」

「わざとはぐらかしたんですかね」

亘が納得した。

二

翌日、右京と亘はとあるセミナー会場を訪れた。そこでは酒井直樹が講師となって、アメイジングウォッシュの実演販売のしかたを教えていた。特命係のふたりがドア口から観察すると、酒井は会場につめかけた参加者の前で、声のトーンを上げて軽快にまくしたてていた。

「はい、皆さんのご家庭にも、ケチャップ、ソースなんかのしつこい汚れ、よくあるわよね～。そこにも、このアメイジングウォッシュ、シュシュッとかけるだけで……。ほらね、皆さん、ちょっと汚れが浮いてるのわかります？　で、スッと拭き取るだけで、こんなにきれいになっちゃうんです」

酒井はドア口のふたりに気づいたようだった。トーンを落として、右京と亘に目配せした。

「とまあ、ひととおり説明が終わったところで、じゃあ実際にやってみてもらおうかな。えーっと、じゃあ、そちらのおふたり。どうぞどうぞ、遠慮なさらず。はい拍手！」

参加者たちに拍手で迎えられ、右京と亘はしかたなく会場に入った。

「じゃあ、そちらの商品をこちらに陳列してください」

酒井に指示された右京が、部屋の隅の台に置いてあったアメイジングウォッシュを数本取って、販売テーブルの上に几帳面に並べた。

「……ではこれを、こうですか」

「ブー」酒井が不正解のブザー音をまねた。「はい、駄目。きれいに商品が並んでいたら、まったく売れてないように思われます。最初からわざと人が買っていったように見せる。そうするとお客さんは売れてる商品なんだなと、安心と興味を覚えます」

右京が並べた商品を、酒井はランダムに置き直した。右京は感心しきりだった。

「なるほど」

同じ頃、雑居ビルの一室で、十人ほどの男たちが長テーブルを前にして携帯電話をかけていた。

「お客さま、大変運がいいですね。ただ今、限定百名様に、キャッシュバックキャンペーンさせていただいてるんです」

そこへ伊丹や芹沢を含む捜査一課の面々が踏み込んできた。

「はい警察！　動かないで！」

伊丹のことばに素直に従うものは誰もいなかった。慌てて逃げ出そうとする男たちを、伊丹たちが制圧する。しかし、女性の出雲麗音にとっては分が悪かった。男に振り切られそうになるところを、芹沢が助太刀《すけだち》に入った。芹沢は男を投げ飛ばすと、麗音を怒鳴りつけた。

「なにやってんだ、バカ野郎！」

実演販売のセミナー終了後、後片付けをしている酒井のもとへ、右京と亘が近づいた。

「先ほどはお疲れさまでした」

右京のことばに、酒井はアメイジングウォッシュを段ボール箱に詰めながら、「はいはい。まだなにか？」と気乗りしない調子で応じた。

亘がスマホを差し出した。ディスプレイに表示された逮捕者リストのデータベースのページを見て、酒井の顔色が一瞬で変わった。

すかさず右京が攻め込む。

「尾崎さんとお知り合いだったこと、なぜ黙っていたんですか？」

「やだなあ、それは察してくださいよ。真面目に生き直してんのに、過去をほじくり返されちゃ、たまったもんじゃないと思って」

「そうでしょうか？　いまでもあなたが詐欺仲間と繋《つな》がってるんじゃないかと疑ったから、尾崎さんは会いに来たんじゃないんですか？」

亘が疑念をぶつけると、酒井は顔を背けた。

「ひどいなあ。警察が人を色眼鏡で見るの？　たまたま僕の実演販売を見かけたから、立ち寄っただけだって言ってましたよ」

「あなたに会ったあと、殺されたんです。なにかあったと思うのが普通じゃないですか」

「ああ、なるほど。冤罪《えんざい》ってこうやって生まれるんだ」

「正直に本当のことを話してくだされば、余計な疑いをかけられずにすむのですがねえ」

右京が持ちかけても、酒井は知らぬ顔を決め込んだ。

「さっきからずっと、本当のことを言ってるんだけどね。疑ってばっかりいると眉間に皺《しわ》できちゃいますよ」


警視庁では、伊丹と芹沢が捕まえた詐欺グループの男を取り調べていた。

「お前らが殺しに関わってることはわかってんだよ！」

「兵頭って親玉の差し金か、ああっ？」

芹沢と伊丹が責め立てると、男は涙声になった。

「知らないよ……」

伊丹が机を強く叩く。

「しら切ってんじゃねえぞ、コラッ！」

「時間はたっぷりあるんだ。ゆっくり聞かせてもらうぞ」

その取り調べのようすを、マジックミラー越しに麗音と塚本、吉井が見ていた。塚本と吉井が顔を見合わせているのに、麗音は気づいていたが、素知らぬふりをした。

右京と亘は、尾崎が死ぬ前に訪れた公園に来ていた。ふたりはコンビニで買った飲料をベンチに座って飲んでいた。

「いたって普通の公園ですね」

亘のことばに、右京も「そうですねえ」と同意した。

「人目もないし、尾行しやすいっちゃしやすいですよね。なんで尾崎さん、こんなとこで相手見失っちゃったんですかね？」

「まったくです」

「キョロキョロしてたもんなあ……」亘が立ち上がり、飲み終わった飲料のカップをゴミ箱に捨てた。そのとき、ゴミ箱の近くの地面に四角いコンクリートの土台のようなものがあるのに気づいた。

「右京さん。ひょっとしてこれ？」

右京は亘の考えをすばやく察した。

「なるほど。青木くんに電話を」

「はい」


特命係のふたりはその後、尾崎のマンションに行き、伊丹と芹沢を呼び出した。

「警部殿、いったいなんですか？　極めて重要な情報って」

「ほんと、わざわざこんなところまで呼び出して」

不満たらたらの伊丹と芹沢を、亘がなだめる。

「まあまあまあ、立ち話もなんなのでどうぞ」

芹沢がポケットから鍵を出し、不承不承ドアを解錠した。

「な〜にが立ち話……。ったくもう、なんだと思ってんの、俺たちのこと！」

「どうもありがとう」

真っ先に右京が尾崎の部屋に入った。

伊丹がその背中に続く。

「あの、言っときますけどね、ここは一度調べてるんですけどね」

芹沢も同調した。

「なにも出ませんでしたよ」

「で、なんだよ？　その極めて重要な情報って。もったいつけずに早く言え」

伊丹が亘に要求した。

「尾崎さんが防犯カメラに映ってた公園に行ってみたんですけどね、公園内にあった電話ボックスがつい最近、撤去されてたことがわかりまして」

「電話ボックス？」芹沢が訊き返す。

「青木が確認したんで、たしかです」

右京が説明を続けた。

「いまどき、滅多に見かけるものではありません。あったはずの場所から急になくなっていたら、思わずキョロキョロしてしまうこともあるのではと思いますがねえ」

伊丹が右京の言いたいことを悟った。

「つまり尾崎さんは尾行してたんじゃなく……」

右京が話を継ぐ。

「その電話ボックスから誰かに連絡をとろうとしていたのでしょう。尾崎さんの財布には、何枚もテレフォンカードが入っていましたから、頻繁に利用していたのでしょうねえ」

「わざわざ公衆電話を使って連絡する相手って……」

「ええ。単なるお友達ではないと思いますよ」

会話しながら部屋を見回していた右京が、書斎の床に着目した。

「それにしても不自然ですねえ」

伊丹はなにが不自然なのかわからなかった。

「なにがですか？」

「塵ひとつありませんよ」

右京に言われ、亘も書斎を見回した。

「たしかに。独身男のくせにきれいすぎる」

「ここが殺害現場かもしれません。犯人がきれいに後始末した可能性があります」

右京のことばに、伊丹が色めき立った。

「鑑識だ！　鑑識呼べ！」


警視庁の取調室では、詐欺グループの別の男を塚本が取り調べていた。

「尾崎って刑事のこと、本当に知らないのか？」

「し、知りません」

気の弱そうな男が答えると、塚本が迫った。

「組織ぐるみで隠してるってことだろ？」

麗音がそのようすを隣の部屋からのぞこうとしたが、吉井が邪魔した。

「なんで入っちゃ駄目なんですか？　取り調べは一課の仕切りです。隣の部屋から見るぐらい、いいでしょ」

「白バイ上がりがあまり出しゃばるんじゃないよ！」

拒絶する吉井に、麗音が嚙みついた。

「なにを隠してるんですか？」

そこへ右京と亘がやってきた。右京は吉井の前を平然と通り過ぎ、取調室のドアをノックしてから開けた。

「すぐ済みますので」

右京は塚本に断り、さも当然のように椅子に座った。

亘と一緒に取調室に入った麗音が感心したように言った。

「こういう手があるんですね」

「俺ら、慣れっこだから」

「この男を知りませんか？」

右京が机の上に酒井の写真を置くと、取り調べを受けていた中井《なかい》という男は怯《おび》えたようにうなずいた。

「し……知ってますけど、なんで？」

「やはり詐欺グループの仲間だったか」

亘のことばに、中井が首を振る。

「仲間？　いや、そういう知り合いじゃないです」

「では、どういう知り合いでしょう？」

右京が質問すると、中井は意外な答えを返した。

「マッサージ器をもらったんです」


その夜、捜査本部では捜査一課の刑事たちが、塚本と吉井に詰め寄っていた。

「なに、勝手にやってんだよ！」

「うちの仕切りだって言ったろうが」

伊丹と芹沢が責め立てても、塚本は気にも留めなかった。

「すみませんねえ。一課の取り調べは詰めが甘そうだったんで」

「ああっ？」

喧嘩腰《けんかごし》になる伊丹を、吉井が見咎めた。

「ほら、すぐ感情的になる。そんなんじゃ見落としもあるんじゃないですか？」

「なんだと？　この野郎！」

一課と二課の小競り合いを、中園が仲裁した。

「おい、やめろ、お前たち！　身内がやられてるんだ。揉《も》めてる暇があったら、さっさとホシを挙げろ！」

一課と二課の刑事たちが仕方なく引き下がろうとしたとき、麗音が塚本に食らいついた。

「いい加減、話したらどうなんですか？」

「なんだ？　いきなりお前」

「兵頭と尾崎さんの関係、連中に問い質《ただ》してましたよね？」

伊丹が興味を示す。

「どういうことだ？」

「この人たち、兵頭と尾崎さんが繋がってると思ってるみたいです」

麗音のことばに、中園が反応した。

「繋がってるってなんだ？」

「おい、なに隠してる？　全部吐け！」

伊丹が塚本の胸倉をつかむ。塚本はそれを振りほどき、中園に訴えた。

「先にこっちでつかんでおきたかったんです」

「身内の恥かもしれませんし」

吉井のことばを芹沢が聞き咎めた。

「恥って？」

塚本が中園に報告した。

「噂があったんですよ。尾崎さん、裏で金を受け取って兵頭を見逃してるんじゃないかって」

中園が頭を抱えた。

「お、おい、それ、本当か」

「たしかなことは……ですが、尾崎さんはいくつもの詐欺グループを摘発してるのに、兵頭絡みの上層部だけは一度も摘発したことがないんです」

塚本が打ち明けると、吉井も覚悟を決めた。

「むしろ、競合の相手を潰して、兵頭にとって都合のいい環境を作ってやってたんじゃないかと……」

「おいおいおいおい！」

「それで、兵頭から金をもらってわざと見逃してるんじゃないかって、そんな噂が立ちまして……」

　塚本の打ち明け話に一同が暗澹《あんたん》たる気持ちになっているところへ、青木が得意げな顔で入ってきた。

「例の電話ボックス、通話履歴に同じ番号が繰り返し残ってました。尾崎さんがかけていたのは〈蠍龍会〉の兵頭だったみたいです」

　一同の冷めた表情を見て、青木は困惑した。

「あれ、どうしたの？　お手柄でしょ、僕」

三

　翌日、右京と亘は詐欺グループが使っていた雑居ビルの一室を訪れた。長テーブルが並べられたその部屋には、いまもまだ捜査一課の刑事たちと詐欺グループの乱闘のあとが残っていた。中井が使っていたという椅子に、マッサージ器が置いてあるのを見つけ、亘が取り上げた。

「これですね。これといって気になる点はないですけどね」

「詐欺グループのひとりと酒井さんが偶然接触したとは思えませんがねえ」

右京が部屋を見回す傍らで、亘はマッサージ器を振ってみた。中からカラカラという音が聞こえてきた。


その日、酒井はショッピングセンターの外にコーナーを設けて、実演販売をしていた。

「はい、三百万円のお返し。あっ、その洗剤ね、本当よく落ちるけど、旦那にかけても無駄よ。きれいになんてならないから。ご近所さんにも宣伝よろしくね。はい、ありがとう」

夫婦の客がアメイジングウォッシュを買って帰ったところで、右京が慇懃無礼な態度で挨拶をした。

「お疲れさまです」

酒井がため息をつく。

「追っかけがいるなんて光栄だなあ。で、今度はなんですか？」

「尾崎さんと懇意だったんですね」

右京のことばを受けて、亘が盗聴器を取り出した。

「あなたがプレゼントしたマッサージ器に仕込まれてました」

右京が酒井も顔負けするほど滔々《とうとう》と推理を語りはじめた。

「三年前、あなたは詐欺罪で捕まりました。でも、あなたは尾崎さんからその能力を買われて、捜査協力者になったのではありませんか？　詐欺グループの末端には、やむを得ない事情で無理やり働かされている人たちもいます。あなたは尾崎さんからそうした人たちの情報を渡され、得意の話術で近づいた。普通に話せる相手に飢えている彼らは、次第にあなたとの時間が楽しみになってくる。そして、仕上げにちょっとしたプレゼントを渡す。相手が好みそうな品物の中に盗聴器を仕込んで」

事実酒井は、中井には偶然を装って居酒屋で同じテーブルに着き、話し相手になったのだった。酒井の話術をもってすれば、人と仲良くなることなど容易だった。

「尾崎さんが摘発した別の詐欺グループにも話を聞いたら、あなたからプレゼントをもらったと言っている人がいました。もらった直後に摘発されたこともね。同じように盗聴器が仕込んであったんでしょ」

亘がかまをかけたが、酒井は「さあね」ととぼけた。右京が疑問をぶつける。

「ですが、今回は摘発されていません。なぜでしょう？」

「知らないって」

しらを切る酒井に、亘がズバリと斬り込む。

「三年前、あなたがいた詐欺グループ、被害者数名を自殺にまで追い込んでますよね。

ひとりの人間に何度も詐欺を仕かけてしゃぶり尽くす。今回も同じ手口」

「だから？」

亘が兵頭の顔写真を見せた。

「仕切ってるのはどちらも兵頭という男のようですね。実は、尾崎さんと兵頭は繋がっていた。だから三年前、捕まらなかった。でも今回、その兵頭との間にゴタゴタが生じ、尾崎さんは殺されてしまった」

「それに僕が関わってると？」

酒井が認めないので、右京は攻め方を変える。

「尾崎さんの殺害現場は自宅の書斎と思われます」

「書斎？　血痕でも出たんですか？」

「いえ、いっさい」

「じゃあ、違うんじゃないの？」

「いいえ、書斎ですよ」

「はあ？　血痕出なかったんでしょ？」

「ええ」右京がうなずく。「ついでに尾崎さんの指紋もいっさい出てきませんでした。自宅から本人の指紋がまるで出てこない。となると、拭き取られたと考える以外に説明がつかないんですよ。ああ、血痕ですがね、たとえ目に見えなくとも薬品を使えば反応します。それを消すには何種類もの洗剤で拭き取らなければなりません。つまり犯人は、そうした豊富な知識も、道具も、技術も持っている人」

右京がアメイジングウォッシュを手に取ると、ようやく酒井が折れた。

「おふたりとも、よければうちに来ませんか？　見せたいものがあるんです」


酒井の古ぼけたアパートの部屋には、アメイジングウォッシュの段ボール箱がそこかしこに置いてあった。他にたいした家具もない殺風景な部屋にふたりを招き入れた酒井は、封書を右京に渡した。

「これです。刑務所に入っているときにもらったんです」

右京が封書を裏返す。差出人は尾崎だった。万年筆で書かれた文字はなかなか達筆だった。

「尾崎さんからですか。では拝見」

手紙を読む右京の横で、酒井が回想する。

「実演販売で食ってくのは大変でね。当てようと思って賭けに出たんですよ。でも、結局残ったのは大量の在庫と借金の山。借りた金返せないなら働けって、詐欺グループに入れられて……。皮肉にも人を騙す才能はあったみたいで、あまりにも簡単に引っかかるもんだから、僕もちょっと調子に乗ったりしてね」

そんなとき、騙していた老婦人が「金を騙し取られすべて失った。夫の元に行きます」という内容の遺書を遺し、自殺したのだった。なにもかも嫌になった酒井が、死ぬつもりで踏切を乗り越えて列車に飛び込もうとしたところへ、尾行していた尾崎が突然現れ、酒井を引き止めた。

尾崎は酒井をこう諭したという。

――バカ野郎！　なに考えてるんだ！　後悔してるなら逃げるな！　俺が力になる。

「尾崎さんは命の恩人であり、生き直すきっかけを与えてくれた人です。そんな人を殺すわけないでしょ。それに……」

酒井のことばを右京が先読みした。

「『兵頭は必ず捕まえる』。ここにそう書いてありますねえ。こんな誓いのことばを書く人が兵頭と手を組むはずがない。そうおっしゃりたいんですね」

「そのとおりですよ」

「でも、電話の履歴が残ってる」

亘が呈した疑問を、酒井は一蹴《いっしゅう》した。

「仲間のふりして内情を探ってたんじゃないの？　あんたらの言うとおり、殺したのはたしかに兵頭でしょうよ。でもそれは、しつこく捜査する尾崎さんのことを勝手に兵頭が目の敵にしてただけですよ」

その夜、家庭料理〈こてまり〉では、女将《おかみ》の小手鞠こと小出茉梨がアメイジングウォッシュを片手に、笑みを浮かべていた。

「あっ、これ本当、よく落ちる！　商品名に偽りなしですね」

右京はいつものカウンター席で猪口《ちょこ》を傾けていた。

「喜んでいただけて幸いですねえ」

「反省しなくちゃね」

小手鞠のことばに、やはりカウンター席に座っていた亘の、白ワインのグラスを持つ手が止まった。

「反省？」

「だってほら、こういう商品ってなんかインチキくさいって思うこと、あるじゃないですか。でも、こんなちゃんとしたものもあるのね」

「それ売ってる人は、相当インチキくさいんですけど」

「あら、でもインチキな人はこんなちゃんとしたもの、売らないんじゃないかしら？　口八丁手八丁で騙して売るんだから」

亘は苦笑しながら白ワインを飲み干した。

「まあ、たしかに……」

翌朝、〈蠍龍会〉の兵頭武史が若い衆に囲まれて、車に乗り込もうとするところに、伊丹と芹沢が警察手帳を掲げてやってきた。

「兵頭、用件わかるよな?」

兵頭は伊丹のことばを無視して車に乗ろうとしたが、すっと駆け寄ってきた麗音が立ち塞《ふさ》がった。


その頃、特命係の小部屋では、右京が調書を読んでいた。そこへ亘が入ってきた。亘は尾崎が酒井宛てに出した手紙を手にしていた。

「あっさり鑑定が済みましたよ。尾崎さん、筆まめな人だったみたいで、あちこちに手書きのもの、残してたから」

「となると妙ですね。尾崎さんの書斎のデスクには、メモやノート、便箋《びんせん》の類はいっさいありませんでしたから」

右京に指摘され、亘が記憶を探る。

「言われてみれば」

「これ、どういうことでしょう」

右京が亘に調書の一部を示した。

――うちには大量の名簿が回ってくることはなかった。

――現場に渡されるのは数枚のリストだけだった。

「三年前の酒井の調書ですか」

「ええ」

「なにが気になるんです？　ひとりの人間に何度も詐欺を仕かけてしゃぶり尽くすのが連中の手口でしょ。リストの数が少なくてもおかしくないんじゃないですか？」

「だとすれば、とてつもなく精度の高いリストです。相手が騙されやすく、しかも何度も騙せるほど金を持っている人物だと、最初からわかっていたことになりますよねえ……」

右京は自分のことばでなにか思いついたようだった。

「冠城くん、思い当たることが」

右京と亘は、飛び降り自殺をしようとした三好由紀子を自宅マンションの近くの喫茶店に呼び出した。すっかり落ち着いたようすの由紀子に、右京が確認した。

「あなたは詐欺に遭う前に、慰謝料五百万円を手にしたと言ってましたね？」

「はい」

「離婚調停の弁護士さんはどのように選ばれたのですか？」

「ネットで無料相談ができるんです。サイトに登録している弁護士さんがこちらの質問に答えてくれて、その中で自分に合った弁護士さんを探すっていう」

「そのサイトの名前は？」

「〈駆け込み寺ドットコム〉です」

「〈駆け込み寺ドットコム〉」

亘が繰り返すと、由紀子が言った。

「この話を聞かれた刑事さんは、あなた方でふたり目です」

「もうひとりは尾崎さん？」

「いいえ。村田《むらた》さんっていう捜査二課の刑事さんです」

「捜査二課に村田という刑事はいませんが」

亘は右京と顔を見合わせた。

「え？　いや、でも……」

困惑する由紀子に、右京が言った。

「ひょっとして……」

続いて亘が一枚の写真を差し出した。

「この方ですか？」

「あっ、そうそう！　この人です、村田さん！」

亘が見せたのは酒井の写真だった。

「もういいでしょ。そろそろ帰らせてもらいますよ」

警視庁の取調室では兵頭が立ち上がろうとしていた。伊丹と芹沢は、兵頭が尾崎に金を渡し、詐欺の摘発を見逃してもらっているだろうと責め立てた。しかし、兵頭は尾崎など知らないと言い張るばかりだった。任意同行だとこれ以上の拘束はできなかった。

伊丹たちがため息をついたとき、ドアが開いて亘が入ってきた。

「残念だけど、任意じゃなくなりました」

「ああ?」

「いま、隣にあなたの友達が来てます」

友達というのは詐欺グループの一員の有島《ありしま》という男だった。

右京と亘は警視庁に戻ってくる前、〈駆け込み寺ドットコム〉を運営する有島を訪ねたのだった。詐欺の被害者の多くが離婚や遺産のことで、〈駆け込み寺ドットコム〉に相談していることがわかったからだった。

有島はサイトを運営する傍ら、近いうちに大金を手にする人たちの情報を仕入れて、詐欺グループに流していたのではないか。右京が有島にそう推理をぶつけると、有島は否定しながらも、慌ててパソコンのデータを消去しようとした。間一髪のところで亘がそれを阻止したのだった。

亘は有島のパソコンから入手した、兵頭へのメールをプリントアウトしたものを見せた。

「メールに名簿も添付されてる。調べたら結構な数の人たちが詐欺被害に遭ってた」

証拠を得たことで、伊丹が勢いづく。

「もう言い逃れできねえな。尾崎をやったのはお前だな？」

「……わかったよ。詐欺は認める。でも殺しはやってねえ」

兵頭のふてぶてしい言い草に、伊丹が激怒した。

「嘘つけ！　三年前、宮原やったのもお前だろうが！」

「あれは違うじゃないですか。歩道橋の階段から足滑らせて死んじゃったんでしょ。可哀想に」

「てめえ、この野郎！」

兵頭に殴りかからんばかりの伊丹を、芹沢が懸命に止めた。

「先輩！」

右京が兵頭の正面に座り、別の書類を取り出した。

「あなたの通話履歴も調べさせてもらいました。ここ」右京が指で示す。「事件当夜の午後七時五十三分。公園の電話ボックスとは別の公衆電話から電話がかかってきていますね。かけたのはおそらく尾崎さんでしょう。あの夜、尾崎さんとなにを話したのですか?」

四

翌朝、特命係のふたりは開店前のショッピングセンターに出向いた。実演販売の準備中だった酒井はふたりを見て、あからさまに嫌な顔をした。

「またですか。懲りない人たちだなあ」

「実はあれからちょっと練習をしましてね。やらせていただいてもよろしいでしょうかねえ?」

右京はそう言うと、アメイジングウォッシュを手にして、実演をはじめた。

「はい! アメイジングウォッシュを使えば、二度拭き三度拭きの手間がいりません。頑固な油汚れも、シュッシュッシュッ。ほ〜らスルッと」

口上を述べながら、汚れたレンジにスプレーを吹きかけ、布巾で拭う。なかなか堂に入った仕草だった。右京はさらに続けた。

「手荒れの心配もありませんねえ。肌に優しい成分なのに、除菌・脱臭・漂白効果まで。このアメイジングウォッシュに落とせない汚れはないんです!」

「じゃあ、これは?」観客を装う亘が万年筆で書かれた便箋を取り出し、その上からケチャップをかけた。

「やってみましょう」

右京が洗剤をスプレーし、布巾で拭き取る。洗剤で濡れた紙はくしゃくしゃになり、「アメイジングウォッシュ」と書かれた万年筆の文字は滲《にじ》んでいた。そしてケチャップの汚れは落ちていなかった。紙に付着した汚れには効き目がないようだった。

「言いたいことは、もうおわかりですよね？」

右京に視線を向けられ、酒井はうつむいた。右京が酒井の心情を推察した。

「先日、あなたが話してくれた尾崎さんへの気持ち。あれは嘘偽りのない、あなたの本心だったのだと思います。あなたは心から尾崎さんを信じて、捜査に協力してきたのでしょう。ところが今回、なぜか尾崎さんは詐欺グループの摘発に動かなかった。そこであなたは独自に調べはじめました。捜査二課の村田と名乗って、被害者たちに接触したんです。そこで、〈駆け込み寺ドットコム〉という共通点に気がつき、三年前と同じく、今回の詐欺グループの首謀者が兵頭であることを知った。あなたは尾崎さんがいつまでも詐欺グループを摘発しないのは、尾崎さんと兵頭が繋がっているからだと思ったのでしょうね」

「そう思っても不思議じゃない。三年前に捕まったのはあなた方のような末端だけで、兵頭はもちろん上層部は捕まってませんからね」

亘が補足し、右京が続けた。

「いいように使われてきたと思って腹が立ったのでしょう。あの夜、あなたは尾崎さんを問い質した」

「そんなこと、してません」

酒井は否定したが、その晩の光景が脳裏に蘇《よみがえ》った。


実演販売の場にやってきた尾崎は、「話がある」と言って酒井を呼び出し、いきなり高圧的な態度を取ったのだった。

「お前、警察のまねごとして被害者に会ってるだろ。余計な首突っ込むな！　お前は俺の指示どおりにやってればいい。いいな⁉」

頭にきた酒井は、尾崎に疑念をぶちまけたのだった。

「尾崎さん、兵頭と繋がってるんじゃないんですか、三年前から。だから今回も捜査するふりをして本当は見逃している」

「なに言ってる」

尾崎は否定したが、酒井は続けた。

「たしかに悪いのは連中です。でもね、味方のような面《つら》して平気で被害者を裏切ってるあんたみたいなのを、本当の詐欺師って言うんじゃないんですか？　一番の悪人はあんただよ」

その間にも、右京の話は続いていた。

「我々はひとつ大きな思い違いをしていたようです。それは、尾崎さんは自殺だったということです。自殺の現場は尾崎さんの書斎です。尾崎さんの自殺を誰にも知られたくなかったあなたは、そのために一生懸命掃除をしたのでしょう。ですが、紙に飛び散った血だけは処理が大変で、さすがのあなたも処分するしかなかったのでしょう。そしてそこまでしたのは、どうしても隠したかったものがひとつだけあったからです。遺書ですよ。書斎には遺書が残されていた。違いますか?」

酒井はついに認めた。

「もう全部バレちゃったみたいですね。俺、詐欺の成績、よかったんですよ。天職かもと思ったりもして。バカでしょ? でも騙した相手が自殺した。そのとき、やっと気づいたんです。ああ、俺は金だけじゃなくて、その人の夢や希望や……命まで奪ってたんだって。詐欺なんかするやつは最低のクソ野郎だって。だから、首謀者の兵頭だけはいつか捕まえてやろうっていう思いで、尾崎さんを手伝ってきたんです。なのに、実はその尾崎さんが兵頭と繋がっていた……。それをあの日、確信したんです」

亘が確認する。

「遺体を運んだのは殺人に見せかけるためですね」

酒井は台車で遺体を運ぶと同時に、録音機能付きのボールペンをコンロで焼き、遺書に火をつけて燃やしたのだった。

「詐欺グループに殺されたとなれば、警察は身内の仇討ちのために、とにかくやつら全員を詐欺容疑で引っ張る。そうすれば、いずれ兵頭にたどり着く。一網打尽にしてやりたかったんです」

告白した酒井の心の内を、右京が酌《く》んだ。

「ですが、それだけではなかったはずです。かつてあなたは、尾崎さんに命を救われました。なのにあなたは尾崎さんを救えなかった。それどころか、自殺へと追い込んでしまった。その自責の念から、せめて尾崎さんの名誉だけは守ろうと思った。そのために、あなたは自殺という事実を隠そうとしたんです。遺書の中身が明らかになれば、尾崎さんの不正は明るみに出てしまいますからね」

「さすが実演のプロ。注意を引くのが上手でした。見事に警察は騙され、あなたの意のままに誘導された」

亘に褒められ、酒井は微苦笑した。

「すべて思いどおりだった……。あなたのこと以外は」

酒井に見つめられ、右京は「はい？」と返した。

「言ったでしょ。目利きが大事だって。最初に会ったときからわかってました。あなただけは騙せないって」

「ですが、あなたもひとつ大きな思い違いをしていますよ」

「思い違い？」

怪訝《けげん》な顔になる酒井に、右京が言った。

「尾崎さんが兵頭と連絡を取り合うようになったのは二カ月ほど前。三年前から繋がっていたというのは間違いです」

「えっ……」

「尾崎さんは必死に兵頭を捕まえようとしていたんです」


警視庁の取調室では兵頭が自白をはじめていた。

「尾崎がしつこく俺のところに探りを入れてるのはわかってた。だから逆にこっちから近づいてやったんだよ」

二カ月前、兵頭は尾崎にこう言ったのだった。

「俺をパクりたいならそうすりゃいい。けど、お前のとこの躾《しつけ》の悪いのは、また始末されんだろうな。ずいぶんな飼い主だよ、あんたは」

絶句する尾崎に、兵頭はとどめを刺した。

「尾崎さん、よく考えようぜ。他の詐欺連中の情報なら俺が流してやるから。お互いウィンウィンでいこうじゃないの」

そして、無理やり札束を押しつけたのだった。

兵頭が傲慢《ごうまん》な口調で自白を続けた。

「それで取引成立ってわけだ。なのに、まだ尾崎の飼い犬がチョロチョロしてたもんだから」

「また脅したんだな」と芹沢。

「ちゃんと躾《しつ》けるから手を出さないでくれって、何度も電話で頼んできたよ。なのに、本人がおっ死《ち》んでどうすんだっての」

驕《おご》り高ぶった兵頭の態度に、部屋の隅で取り調べを見守っていた麗音が耐えきれず立ち上がった。伊丹は麗音を押しとどめ、凄みのある声で兵頭に迫った。

「三年前の宮原の件な、再捜査が決まった。覚悟しとけ」

ショッピングセンターでは、亘が酒井に真実を告げていた。

「尾崎さんは、あなたまで失いたくなかった。それで兵頭の摘発に二の足を踏んだ。それが真相です」

「すべてはあなたを守るためだったんですよ」

右京のことばに、酒井がくずおれる。

「そんな……どうして言ってくれなかった……」

「それを話せば、あなたを苦しめることになると思ったのでしょうねえ」

「兵頭から賄賂《わいろ》を受け取り、摘発しなかったのも事実。いまさらなにを言っても言い訳にしかならないと思ったんだろうな」

亘が尾崎の気持ちを斟酌《しんしゃく》すると、右京は酒井に向き合った。

「あなたも目利きなら、尾崎さんのことをそこまで理解すべきでした」

返すことばもなく、呆然と唇を嚙みしめる酒井を、右京が促した。

「行きましょうか」

第三話「藪の外」

一

赤坂の老舗《しにせ》料亭に三味線の音が響いた。その音に合わせて、芸者が優雅に舞っていた。一見すると冷たい感じのする美人だった。

「すばらしい。さすが小手鞠さんの後継者」

舞踊が終わると、座敷で見ていた警視庁特命係の冠城亘が拍手で迎えた。亘の隣には上司の杉下右京の姿もあった。

芸者は亘と右京の前にやってきて正座し、膝の前に手をついてお辞儀をした。

「叶笑《かのえみ》と申します。本日はありがとうございます」

座敷の隅で見守っていた小手鞠こと小出茉梨が、自らが女将《おかみ》を務める家庭料理〈こてまり〉の常連客であるふたりに言った。

「愛想がなくてごめんなさい。これでも叶笑、この界隈では一、二を争う売れっ妓《こ》なんですよ」

「かのえみさん……。どのような字を？」

細かいことが気になる性分の右京が訊《き》くと、芸者はふたりに花名刺を差し出した。右京が目を落とす。

「『叶《かな》う』に『笑み』で叶笑。素敵なお名前ですねえ」

「お客の願いを叶え、笑顔にしてくれるって意味ですかね？」

亘のことばに、叶笑はにこりともせずにお辞儀した。

「精進いたします」

そこへ琴梅《ことうめ》という別の芸者がふすまを開けてお辞儀をした。

「失礼いたします」

琴梅が小手鞠になにやら耳打ちすると、小手鞠が声をあげた。

「吉岡《よしおか》さんが？」

「はい。ご挨拶だけでもって、そちらに……」

琴梅のことばを聞いて、右京が気を利かす。

「我々のことはお気になさらず」

すると、三十代半ば見当の身だしなみのよい男が顔を出した。

「まあまあ、吉岡さん。ご無沙汰しております」

小手鞠が挨拶すると、吉岡は笑顔になった。

「ご無沙汰してます。小手鞠さんがいらしてると聞いて、ご挨拶だけでもぜひと。すみません、お楽しみのところお邪魔してしまって」

「さすが小手鞠さん。引退されても人気は衰えませんね」

「そのようですねえ」

亘と右京が小声で話している間に、吉岡は小手鞠に話しかけていた。

「小手鞠さん、お店を持たれたそうですね」

「ええ、小さいですけど。お近くにお寄りの際はぜひ」

「もちろんです。今度必ず寄らせていただきます」

「お待ちしております」

「すみません、失礼しました」

吉岡は右京と亘に挨拶をすると、立ち去った。続いて、小手鞠が叶笑に目配せした。

「では、失礼いたします」

叶笑はふたりに深くお辞儀をして、座敷から出ていった。叶笑が畳から立ち上がる際、左の足首を庇《かば》うようなしぐさをしたのを、右京は見逃さなかった。

右京が小手鞠に言った。

「お願いごととは、どうやら彼女のことのようですねえ。それで我々をここへ呼んだ。叶笑さんに会わせるために」

小手鞠はふたりの前まで移動してきて正座し、手をついた。

「おふたりにお願いがあります。どうか叶笑を怨憎会苦《おんぞうえく》からお救いください」

小手鞠が十五年前の事件を語りはじめた。

当時十七歳で芸者見習い中だった棚橋智美《たなはしともみ》という女性が、稽古事からの帰宅途中、当時二十七歳だった久我山大樹《くがやまだいき》という男に暴行目的で襲われた。そのときは智美の助けを呼ぶ声に気づいた警察官が駆けつけたおかげで、久我山はその場で逮捕されたという。

「棚橋智美。それが叶笑の本名です。十五年前に彼女を襲った久我山という男が三カ月前に出所して、叶笑の周りをうろついていると耳にしました。ですが、目的がなんなのかわかりません」

右京が小手鞠の意図を察した。

「なるほど。それでその男の目的を知りたいと」

亘も意図を汲《く》んだ。

「場合によっては排除してほしいと」

「どうか叶笑をお守りいただければ」

小手鞠はふたりに深々と頭を下げた。

翌朝、右京は特命係の小部屋で、さっそく十五年前の事件を調べていた。データベースで久我山大樹のプロフィールを眺めながら、つぶやいた。

「なるほど。それで怨憎会苦」

いつものように特命係の小部屋で油を売っていた組織犯罪対策五課長の角田六郎はそ

のことばを知らなかった。

「なんだ、おんぞうえくって？」

「ああ、仏教用語ですねえ。怨み憎む相手にも会わなければならない苦しみのことです」

右京がメモに「怨憎会苦」と書いて、角田に渡す。

「カミさんにこう思われてたら最悪だね」角田はそう言うと、視線を右京のパソコンに向けた。「あっ、これってあれだろ？　元高校教師が起こした連続婦女暴行事件」

「ええ。被害女性は四人。うち、ひとりは未遂でしたが……」

「その犯人捕まえたの、俺の同期の所轄時代の後輩」

「おやおや」右京が興味を示した。

「その未遂事件の取り調べ中に、過去三件の余罪が判明したんだ。後輩の大手柄だって、そいつ、飲みの席で嬉しそうに語ってたよ。で、なんでこんな古い事件……」

「いえいえ、ちょっと」

右京がことばを濁しているところへ、亘が駆け込んできた。

「右京さん」

「ああ、なにかわかりましたか？」

「それが……殺されてたんです」

「はい？」

「久我山大樹ですよ」

「えっ⁉」

事情を知らない角田も声をあげた。亘が続けた。

「しかも一昨日《おととい》の深夜、あの料亭近くの神社の裏で」


右京と亘は事件現場の神社を訪れた。

右京が捜査資料で仕入れた情報をそらんじる。

「死亡推定時刻は一昨日深夜○時から二時の間。早朝、神社の神主が遺体を発見。所持していた社員証から身元が判明。死因は失血死。凶器は鋭利な錐《きり》状のもの。犯人と争いになり、ここで殺された」

遺体の写真を見ると、久我山の左頬に尖ったもので引っ掻いたような傷があり、さらに首の左側には刺殺痕が残っていた。社員証によると久我山は〈エアアース〉という会社に勤めていたようだった。

亘が持参したタブレットに捜査資料を表示した。

「携帯が見つかってないようですね」

「犯人が持ち去ったのでしょうかねえ」

「それにしても、タイミングよすぎません？」

「ええ。おそらく昨夜、小手鞠さんが急に我々を呼び出したのは、久我山が殺されたことを知ったからでしょうねえ」

亘の疑問にそう答えた右京は、神社の境内をくまなく歩きはじめた。そして、境内の隅の植え込みの陰に金属の輝きを見出した。しゃがんでハンカチに包んで拾い上げる。

「かんざしですね」

亘のことばに、右京が先ほどそらんじた情報を復唱した。

「鋭利な錐状のもの……。冠城くん、これを伊丹さんに。念のために叶笑さんの花名刺も一緒に」

亘がハンカチごとかんざしを受け取った。

「わかりました」


右京と亘が料亭を訪れたとき、琴梅と叶笑は昼会食の客を送り出したところだった。

「昨夜の……」

叶笑が気づいたので、右京と亘は身分を明かした。

「警視庁の方でしたか」

わずかに頬をこわばらせる叶笑に、亘が言った。

「小手鞠さんからなにも聞いてない？」

「はい。お店のお客さまとしか」

「不躾《ぶしつけ》ながら、久我山大樹さんが殺害された件で、少しお話をうかがいたいのですが……」

右京が切り出したが、叶笑はけんもほろろだった。

「いまさら、あの男のことで話すことはありません」

「久我山が殺されたって聞いて、驚かないんだ」

亘がかまをかけても、叶笑は冷たくあしらった。

「あの男は、わたしの中では存在してませんから」

「お気持ちお察しします。ですが、おそらく久我山は、かんざしで殺害された可能性が高いと思われます」

右京のことばを受け、亘がスマホに神社で拾ったかんざしの写真を表示した。

「このかんざしに見覚えは？」

「いえ……」叶笑が顔を背けた。

「一昨日の深夜、〇時から二時の間はどちらに？」

右京の質問に、叶笑は感情を押し殺すようにして答えた。

「その日は十一時半過ぎにお座敷を終え、家に帰りました」

「どこにも寄らず？」亘が確認する。

「はい」

「どなたかそれを証明できる方は？」

右京が訊くと、叶笑は「あいにくひとり暮らしですので」とうつむいた。

「出所後、久我山と会ったことは？」

亘がやんわりと問いかけたが、叶笑の表情は硬かった。

「どうしてわたしがあの男に？」

「もし困ってることがあったらいつでも話してください。なにか力になれると思いますんで」

「そう言われても、困ったことなんてなにも」

「ところで、足はもう大丈夫ですか？」

右京が突然話題を変えたので、叶笑は虚をつかれたようだった。

「えっ？」

「左足首、痛めてましたよね」

叶笑が答えるまで一瞬、間が空いた。

「踊りの最中に、少しひねってしまったようで」

「それはいつのことでしょう？」

「一昨日の夜のお座敷で……」

「そうですか」

「もうよろしいですか？」

叶笑から迷惑そうにそう言われると、右京も「ええ。ありがとうございました」と応じるしかなかった。

叶笑が去ったところで、座敷の奥から手招きをする者がいた。琴梅だった。

「あの子、なんかやらかしたの？」

「いえいえ、そういうわけでは」

右京の答えに、琴梅は「なんだ、残念」とあからさまに落胆した。

「なんか棘《とげ》があるように聞こえますけど」

旦が水を向けると、琴梅はすぐに乗ってきた。

「だって、あんな愛想ない子。小手鞠姐《ねえ》さんのお客、譲ってもらっただけじゃない」

「要するに、気に入らない」

「冠城くん」右京が相棒をたしなめた。

琴梅は先ほどの叶笑との会話に聞き耳を立てていたようだった。

「いいこと教えてあげる。あの子、一昨日のお座敷のあと、足なんか痛めてなかったわよ」

「おや」右京の好奇心が頭をもたげた。

亘も琴梅の告げ口が意味することに気づいた。

「じゃあ、彼女が足を痛めたのはその後……」

「ちなみに、この男性に見覚えはありませんか？」

右京が久我山の写真をスマホに表示して、琴梅に見せた。

「ああ、その人なら、三カ月くらい前かな、なんか吉岡さんとコソコソ話してたけど」

琴梅によると、常連の吉岡を叶笑と一緒に送り出したところ、門のところで久我山が待ち構えており、吉岡に近づいてきたというのだった。

「吉岡さんってもしかして昨日の？」

亘が確認すると、琴梅は「ええ」とうなずいた。


右京と亘はその足で〈エアアース〉社へ出向いた。吉岡壮介《そうすけ》はその会社の社長だったのだ。

出迎えた吉岡はふたりを社長室に招き入れた。吉岡はふたりにソファを勧めて、自分も座った。

「まさかおふたりが警察の方だったとは」

それは右京も同じ思いだった。

「我々も驚きました。吉岡さんが、久我山さんの勤務する会社の社長だったとは」

「事件のことは？」亘が本題を切り出す。

「ええ、昨日、警察から問い合わせを受けて」

「久我山さんは、いつからこちらの会社に？」

右京の質問に、吉岡は「先々月からですが」と答えた。

「出所してすぐですね」

右京のことばを受けて、亘が訊く。

「久我山の前科のことはご存じだったんですか？」

「いえ、今回警察から話を聞いて、それで初めて……」

「久我山が入社する前、料亭の前で会ってますよね？」

「ええ」

「以前から知り合いだった？」

「いえ、どうしてもうちで働きたいと私を待っていたようで、その熱意を買って採用を」

「わざわざ待ってた……」亘が繰り返した。

「ところで、小手鞠さんとはいつ頃からお知り合いに？」

右京が尋ねると、吉岡は記憶を探った。

「二年ぐらい前だったかな。取引先の社長に呼んでいただいたお座敷で」

「そうですか」


特命係のふたりが社長室を出て廊下を歩いていると、社長秘書の小坂奈都子《こさかなつこ》がお茶を運んでくるところだった。

「あ、もうお帰りですか？」

「お邪魔しました」

右京が挨拶すると、奈都子は会釈した。

亘が右京に耳打ちする。

「でもだいたい、社員が殺されたって聞いた夜にお座敷遊びって。あの吉岡って社長は、なんかありますよ」

「ええ。ふたりの繫《つな》がりは調べる必要がありそうですねえ」

「あっ、俺、ちょっとお茶してから帰ります」

「任せます」

右京が首肯すると、亘はすぐさま踵《きびす》を返した。

特命係の小部屋に戻った右京が愛飲している紅茶を淹《い》れていると、亘が戻ってきた。

「吉岡の秘書に確認しましたが、どうやら久我山は幽霊社員のようですね。出社した姿は一度も見たことがないと」

「そうですか」

「あの社長、久我山になにか弱みでも握られてたんじゃないですかね?」

亘の推理を、右京が認めた。

「ええ、おそらくは」

そこへ捜査一課の伊丹憲一と芹沢慶二がやってきた。

「おい、特命係のふたり。まったくまた隠れてコソコソコソコソと」

伊丹が難癖をつけると、芹沢も続いた。

「相変わらず鼻が利くっつうかなんつうか」

「そのようすでは、指紋が一致したのでしょうかねえ」

右京の問いには直接答えず、伊丹は花名刺の入った証拠品袋をかざした。

「冠城、これどこで入手した?」

「赤坂にある料亭で。叶笑さんはそこに出入りしている芸者さんです」

「芸者遊びだと? ずいぶんとご立派なご身分で」

「本当だよ」

同調する芹沢に、亘が持ちかける。

「あ、よろしければ、今度ご一緒します？」

「えっ、本当に？」

「お前……」

伊丹が後輩を軽く叩いた。


その夜、伊丹と芹沢は取調室で着物姿の叶笑と対面していた。部屋の隅には出雲麗音の姿もあった。

伊丹がかんざしの入った証拠品袋を呈示した。

「叶笑こと棚橋智美さん。これはあなたのかんざしですよね？　拭き取ったつもりかもしれないが、ここんとこにしっかりとあなたの指紋が残っていた。付着していた血痕も久我山大樹のものと一致した」

口をつぐむ叶笑に、芹沢が向き合った。

「棚橋智美さん、あなた、十五年前に久我山に襲われたことがありますよね。その復讐《ふくしゅう》のために久我山を呼び出して、このかんざしで殺したんじゃないですか？」

叶笑がようやく口を開いた。

「違います。わたしは殺してはいません」

「久我山に会ったことは認めるんですね？」

伊丹が問いかけると、叶笑は顔を伏せた。

「でも、また襲われそうになって。だから……」

とっさにかんざしを手に取り、久我山の顔をめがけて振り下ろした。しかし、かんざしは頬をかすっただけで、そのまま地面に落としてしまった。久我山がひるんだすきに逃げ出したが、そのときに左足首をひねってしまった。叶笑はそう証言した。

「そのとき、頬をかすっただけだと?」

伊丹から疑いの目を向けられ、叶笑はまた口を閉ざした。すると、出雲麗音が質問した。

「相手は自分を襲った男ですよね? どうしてそんな男に会いに行ったんですか?」

「おい」

芹沢が小声で麗音を制したが、叶笑は質問に答えた。

「出入りのお店の前をうろつかれて迷惑だったので」

「だからって会いに行くなんて」麗音は呆れた。「最初から殺すつもりだった。それで久我山を呼び出したんじゃないんですか?」

「違います」

「だったらどうして、そのときに通報しなかったんです?」伊丹が強面《こわもて》をつきつける。

「襲われそうになったんだよな?」

「それは……」

言いよどむ叶笑に、伊丹が迫った。

「正直に話したらどうです？　十五年前の復讐をするために、久我山大樹を殺した。違いますか？」


取り調べのようすを、マジックミラー越しに右京と亘が見ていた。

「頬のかすり傷は犯人しか知り得ないこと……」

亘のことばに、右京が分析を加えた。

「足を痛めていたことからも、叶笑さんが久我山に襲われそうになったことは事実でしょうねえ」

「それなのに殺人は否認ですか」

ふたりとも釈然としない気持ちだった。


その夜、右京と亘は閉店後の〈こてまり〉を訪れた。今日は客としてではなく、警察官として報告に行ったのだった。報告を受けた小手鞠は悲しげな表情になった。

「そうですか。叶笑が取り調べを……」

「こうなることをあなたは予測していたんですね」

「久我山が殺されていたことを知ってたんですね」

右京と亘から追及され、小手鞠は「今度は占星術でもはじめようかしら」と茶化した。

「女将さん」亘が小手鞠の軽口をたしなめた。

右京が小手鞠に向き合った。

「久我山が叶笑さんの周りをうろついている。その目的を調べてほしい。あなたは我々にそう言いました」

「ええ、そうお願いしました」

「その真意は、我々に久我山殺害事件の真相を調べさせることだった。つまり、少なくともあなたは叶笑さんの犯行ではないと信じている」

「杉下さん、叶笑はわたしにとって娘のようなもの。母が娘を信じるのは至極当然のこと。杉下さんと冠城さんが、事件の真相を明らかにするのが当然のように」

「なるほど」

「でも、望む結果になるかどうかはわかりませんよ」

亘が厳しい見通しを口にした。

「それはそれ。なにがあっても受け止めます」

小手鞠は笑顔で答えたが、その裏には強い覚悟が感じられた。

二

翌朝、右京と亘は、十五年前に暴行未遂事件のあった、大田区内の現場を訪れた。そのときに久我山を逮捕した石丸《いしまる》が案内をしていた。石丸は実直そうな中年の刑事だった。

「この工場の中で久我山大樹を逮捕しました。ですが、逮捕できたのは偶然だったんです」

「偶然とは？」

右京が訊くと、石丸は記憶を探りながら語った。

「当時はまだ交番勤務で、同僚と夜間警ら中、防犯ベルの音を耳にしたんです」

防犯ベルはリサイクルショップからだった。急いで自転車を漕いで向かうと、中から窃盗犯らしき人物が飛び出してきた。窃盗犯はふたり組で、石丸と同僚はそれぞれに分かれて追った。

石丸がひとりを追いかけていると、今度は廃工場の中から女性の「助けてー！」と叫ぶ声が聞こえた。

石丸が踏み込むと、久我山が棚橋智美を組み敷いているところだった。石丸はナイフを持った久我山に果敢に立ち向かい、見事現行犯逮捕を果たしたのだった。

「まさか連続暴行犯だったなんて、ほんと驚きました」

「同じ日の夜、近くで窃盗事件……。そのリサイクルショップはどちらに？」

右京が関心を示すと、石丸は廃工場から少し離れた場所に建つ建物を指差した。

「ああ、あちらです」

「なるほど」

「ちなみに窃盗犯のほうは？」亘が訊いた。

「同僚が追いかけた犯人を無事確保してくれたおかげで、そちらの事件も解決しております」

「おふたりともお手柄でしたね」

「ありがとうございます」石丸が嬉しそうに頭を下げた。「あの……久我山が殺されたと聞きました。当時の事件となにか関係があるのでしょうか？」

「それはまだなんとも」右京がことばを濁す。

「もし自分にできることがあれば、なんでもおっしゃってください」

「では、さっそくひとつお願いが」

右京が右手の人差し指を立てた。

右京が石丸に求めたのは、十五年前のリサイクルショップ窃盗事件の捜査資料の閲覧だった。石丸が快く応じたので、特命係のふたりは所轄署の会議室で、その資料を検《あらた》めた。

　右京が資料を読み上げる。

「窃盗の主犯は田崎元哉《たさきもとや》。当時二十歳。かつてこの店でバイトをしていた田崎は合鍵を使って侵入。田崎は再犯だったこともあり、実刑判決を受ける。共犯者は当時十九歳の吉岡壮介」

　亘がその名に敏感に反応した。

「右京さん」

「ええ、吉岡さんは未成年で初犯。審判の結果、不処分となっていますねえ」

「その前歴をネタに久我山が吉岡を強請《ゆす》っていた。そうは考えられませんか？」

　右京が捜査資料をテーブルに置いた。

「なるほど。吉岡さんにとっては隠したい過去……」

「それで吉岡が口封じに久我山を……。久我山が料亭の前にいたのは、叶笑さんが目的じゃなくて、やはり吉岡のほうだったんですよ」

「ええ、そうも考えられますねえ」

「もしもですよ、逆に吉岡が十五年前の久我山の事件を知っていたとすれば、久我山を恨んでいる叶笑さんを利用したってこともありますよね」

　相棒の言わんとすることを、右京は正確に理解していた。

「叶笑さんに罪を着せたということですか？」

「彼女の供述が事実なら、彼女が去ったあと吉岡が久我山を刺し殺すことは可能です」

右京と亘は〈エアアース〉社を訪ね、吉岡と面会した。

迎え入れられた社長室で用件を話すと、吉岡は「そうですか。十五年前のこと、調べたんですか」と開き直ったような表情になった。

「じゃあ、やはり久我山に」

亘が水を向けると、吉岡はうなずいた。

「ええ。どこで聞いたのか、久我山は私の前歴をネタに社員にしろと要求してきたんです」

「だが脅しはそれだけでは済まなかった。それで口封じに久我山を殺害した」

「どうして私が？」吉岡は笑って受け流した。「そんな理由で殺人なんてリスクが大きすぎますよ」

「だから、棚橋智美さんに罪を着せようとした」

「は？　なんで彼女に？」

今度は戸惑う吉岡に、右京が言った。

「なるほど。棚橋智美さんがどなたなのかはご存じのようですね」

そのときドアがノックされ、秘書の小坂奈都子が入ってきた。

「失礼します」

そのあとから入ってきた伊丹が、先客の姿を見て舌打ちした。

「どうしておふたりがここに？」

「話せば長くなりますが、お聞きになりたいですか？」

「ならば結構です」伊丹に続いて現れた芹沢が言った。芹沢の後ろには段ボール箱を持った出雲麗音の姿もあった。

「出雲、お前はパソコン」

芹沢に命じられ、麗音が「はい」と答えて、吉岡のデスクへ向かう。芹沢が警察手帳を掲げた。

「警視庁です」

「吉岡壮介さん」伊丹が呼びかけた。「久我山大樹さん殺害の件でご同行願えますか？」

「えっ？」

「あなた、事件当夜、ここのパソコンから久我山にメールしてますよね？」

芹沢のことばにも、吉岡は「えっ？」と返すのが精いっぱいだった。

「とぼけても無駄です。久我山のメールサーバーを調べたら、しっかりとその記録が残ってましたから」

「いや、私はメールなんて……」

吉岡は言い返そうとしたが、芹沢は相手にしなかった。

「はいはいはい。パソコンは証拠品として提出してもらいますからね」

「話なら、これからじっくりうかがいますよ。さあどうぞ。お願いします。どうぞ！」

伊丹が吉岡を引き立てていく。あとに残ってパソコンを押収している麗音に亘が探りを入れた。

「叶笑さんのほうは？」

「それが犯行を決定づけるものがなくて」

「なるほど。そしたらサーバーを調べていた青木から報告が上がってきたと……」

麗音が答える前に芹沢が戻ってきた。

「出雲！」

「はい！」

麗音はパソコンを入れた段ボール箱を持ち、芹沢について部屋を出ていった。

主のいなくなった社長室でなにやら思案している上司に、亘が訊いた。

「なにか気になります？」

「なぜ久我山は、吉岡さんが窃盗事件の共犯者だと知ったのかです。当時吉岡さんは未成年。氏名は公表されていないはずです」

「主犯の田崎のほうは事件当時、二十歳。氏名が公表されてる」

「出どころはそこでしょうねえ」

　右京は確信しているようだった。


　田崎元哉は現在、物流会社の倉庫で働いていた。特命係のふたりが訪れたとき、田崎はフォークリフトを運転していた。田崎は喫煙者だったので、ふたりは喫煙スペースで話を聞くことにした。

「すみませんね、お忙しいところ」

　右京のことばに、田崎はタバコに火をつけながら、「ああ、いえ」と応じた。

　亘が久我山の写真をスマホに表示して掲げ、右京が質問した。

「久我山大樹。この男をご存じですね？　十五年前の件で、あなたに会いに来ていますよね」

「はい」

「久我山はあなたにどんなことを？」

　亘が質問すると、田崎は周りの目を気にしながら答えた。

「……十五年前に、お前が窃盗事件を起こしたのを知ってるって」

　久我山はやってくるなり、田崎に金を無心した。久我山に言わせれば、「お前らがへマしたせいで、あの夜警察が来たんだろ。お前らが廃工場のほうに逃げ込んでさえ来なきゃ、俺は捕まらずに済んだんだよ」という無茶苦茶な理由だった。田崎は廃工場などに逃げていないと否定したが、するともうひとりのほうは誰だとしつこく問い質《ただ》された。

「それで久我山に吉岡壮介のことを教えた」

亘の指摘に、田崎は顔を曇らせた。

「そうですけど、それってなにか罪に問われますか？　いまはもう真面目にやってます。妻と子供だっているんです。そりゃ吉岡には悪いとは思ったけど」

「田崎さん、落ち着いてください」右京がなだめる。「我々はそのことを咎《とが》めにきたのではありません」

「じゃあ、もういいですか？　同僚に変なふうに思われたくないんで。すみません」

田崎はそそくさとタバコの火を消すと、去っていった。

「これでひとつ、はっきりしました」

亘は右京の言いたいことを理解していた。

「久我山が吉岡に近づいたのは、逆恨みからだった」

「ええ」右京が認めた。「もしかすると吉岡さんは、久我山が棚橋さんを襲ったことに気づいていたのかもしれませんね」

その夜、特命係の小部屋にサイバーセキュリティ対策本部の青木年男の姿があった。十五年前の十一月に起こった、リサイクルショップ窃盗事件の現場を映した画質の悪い防犯カメラの映像を見せられ、青木が不満をぶつけた。

「なんですか？　このひどい映像。こんなものを見せるために、この僕をわざわざ呼んだんですか？」

青木の不満にも一理あった。午後十一時に近い暗闇の中の映像で、鍵を開ける男と、それを隠すように立っている男がかろうじて判別できた。

「だから、お前がそれを鮮明化するんだろ」

亘のことばに、青木がむっとした。

「は？」

「こういうの得意だろ？」

「それが人にものを頼む態度か、冠城亘」

右京が取り成す。

「青木くん、君のその優れた能力なら、朝飯前かと思ったのですがねえ」

「まあ、そこまで杉下さんが僕の能力を認めてるのであれば」

そこへ麗音が入ってきた。

「やっぱりここにいた。元特命係の青木年男さん」

「なんで白バイ上がりのお前がそれを？」

「サイバーセキュリティに行ったら、出戻りなら古巣だろうって」

麗音のことばから、青木は教えたのが犬猿の仲の同僚だとわかった。

「土師のやつ……」

右京が麗音に向き合った。

「青木くんを捜していたということは……」

「吉岡壮介が久我山に送信したメールを削除してたみたいで、その復元のお願いに」

「なるほど」

「よかったな、青木。みんなの人気者で」

亘が青木の頭を撫《な》でると、麗音も倣った。

「ほんと、人気者」

「ふざけるな！　ちょっとやめろ」

三

翌朝、右京と亘は同時に出庁した。小部屋の入り口そばのネームプレートを赤から黒へと裏返すと、部屋の隅から声がかかった。

「おはようございます」

右京が振り返り、声の主の青木を見つけた。

「おはようございます。おやおや。もしや徹夜ですか?」

「お肌荒れちゃってますね」亘がからかう。

「誰のせいだ」

「鮮明化できたのか?」

「できたのかだと? 人にものを頼んでおいて」

青木が起《た》ち上げていたパソコンで、右京はさっそく防犯カメラの映像を確認した。

「さすが青木くんですねえ。とてもクリアになっています」

「当然です。この僕にかかれば、この程度の作業なんてお茶の子さいさいですから」

亘もパソコンをのぞき込んだ。映像は窃盗犯のふたりの表情までわかるほど鮮明になっていた。

「こっちが吉岡、こっちが田崎ですね」

吉岡がこちらを向いて驚いたような顔をしている一方、田崎のほうは向こうをむいていた。手前には廃工場が、向こうにはリサイクルショップがあった。その位置関係を思い出し、右京がつぶやいた。

「……やはりそうでしたか」

亘も吉岡の表情の意味を知った。

「あの夜、吉岡は久我山が棚橋さんを襲ったことを知っていた」

「間違いないでしょう」

「ご満足いただけましたか？　じゃあ僕はこれで」

ご満悦の表情でパソコンを持って帰ろうとする青木を、右京が呼び止めた。

「ちょっと待ってください」

「まだなにか？」

「青木くん、一課が頼んだメールの復元なんですがねえ。ああ申し訳ない。いくら君でもなにもかも一度には無理ですか」

青木が戻ってきて、得意げにパソコンを開ける。

「この僕を誰だと思ってるんですか？」

青木がパソコンに復元した吉岡のメールフォルダーを表示した。久我山へのメールもあったが、別の人物へのメールも見つかった。

「おやおや。やはり叶笑さんにもメールを送っていましたか」

右京がそのメールを開いた。

――15年前のことで二人だけで話がしたい。今夜12時。赤坂の七坂《ななさか》神社に来てほしい。

吉岡

取調室では、復元されたメールを元に、芹沢が吉岡を取り調べていた。

「吉岡さん。あなたが削除したパソコンのメールね、全部復元させてもらいましたよ。これはあの日、あなたが久我山から受け取ったメールです」

同席していた伊丹が文面を読み上げた。

「『追加でまた100万振り込んでくれ』。で、金を要求されたあなたは久我山をあの神社に呼び出した」

今度は芹沢が読み上げた。

「『金は直接渡す。今夜12時。赤坂の七坂神社』」

「こんなメール、私は送ってません」

吉岡は否定したが、伊丹は相手にしなかった。

「とぼけても無駄だ。叶笑とかいう芸者にもこんなメールを送っておいて」

伊丹がそのメールを開くと、芹沢が言った。

「この叶笑って、十五年前、久我山に襲われた棚橋智美さんだよね」

「彼女の復讐心を利用して、久我山殺しを画策した。違うか？」

伊丹から強面で迫られても、吉岡は否定した。

「いえ。彼女はなにも関係ありません」

「はっ？」

入ってきた。

「久我山を殺したのは私です」

吉岡が自白した次の瞬間、隣の部屋で取り調べのようすをうかがっていた右京と亘が入ってきた。

右京は吉岡に向き合った。

「吉岡さん。本当にあなたの犯行でしょうかね？」

「また勝手にもう……」

伊丹がうんざり顔になる横で、芹沢が言った。

「いや、だから実行犯は、吉岡に利用された棚橋智美ってことでしょう？」

「いいえ。棚橋智美さんでもありません」右京が断言した。「おそらく棚橋智美さん、ええ、叶笑さんはこのメールを見て、あなたが十五年前の暴行未遂事件のことを知っていたのだと思い、あの神社へ行ったのでしょうねえ。しかし、彼女は取り調べでもこのメールのことは明らかにしていません。なぜでしょう？」

右京に質問をぶつけられ、伊丹が口ごもる。

「いや、なぜって……」

「おそらくおふたりは、お互いを犯人だと思い込み、庇い合っているのでしょう」

「じゃあ犯人は？」伊丹が右京に訊く。

「別にいるということです」

「じゃあ、このメールは？」

麗音の疑問に答えるため、亘がタブレットで映像を見せた。

「そのメールの送信時間、社長室に侵入する人物が防犯カメラに映っていました」

「誰だ、この女？」

伊丹は知らなかったが、亘はよく知っていた。

「社長秘書の小坂奈都子さんです」

「彼女がなんで……」

呆然とする吉岡に、亘が推理をぶつけた。

「彼女と男女の関係にあったのでは？」

「……もう二年以上前の話ですよ」

「やはりな。捨てられた腹いせか、あるいは久我山から脅されているあなたを助けようとしたのか」

「いずれにせよ、彼女から話を聞く必要がありそうですね」

右京にほのめかされ、伊丹が立ち上がる。

「言われなくても。芹沢、行くぞ。出雲、お前も」

「はい」

出ていこうとする伊丹を、亘が呼び止めた。

「吉岡さんのことは？」

「おふたりにお任せしますよ。お好きにどうぞ」

三人が出ていったあと、右京は別室に移動し、吉岡に話しかけた。

「吉岡さん、あなたが必死に隠しているもの。それがなんなのかずっと考えていました。十五年前、リサイクルショップに盗みに入ったあなたは、偶然にも棚橋智美さんを襲う久我山の姿を目撃したんですね？　そのとき、彼女もあなたを見つけ、助けを求めたのではありませんか？」

「それをあなたは見捨てた」

吉岡はずっと無言だったが、亘のひと言で顔を歪めた。右京が続けた。

「やはり、その慚愧《ざんき》の念をあなたはずっと抱えていましたか」

ようやく吉岡が重い口を開いた。

「……初めてお座敷で彼女を見たとき、息が止まる思いでした。すぐに気づきました、あのときの女性だと。笑みひとつ見せない彼女の姿に、あのとき、すぐに助けてやれていれば……何度もそう思いました」

「それで、彼女のことが気になって通いはじめた」

亘の推測に、吉岡は「はい」と答えた。

「そんなあなたの前に、久我山が現れた」

「三カ月前、いきなり会社に。十五年前の件だと言われて、部屋に通しました」

久我山はねちねちと吉岡に迫った。

——ずいぶんとご立派になられて。いいですね。未成年だったあなたはお咎めなしで済んで。十五年前の事件のこと、社員や取引先の方々が知ったら、どう思うんでしょうね。

「言いたければ言えばいい。そう答えました。もう十五年も前の話だと。そしたら数日後、赤坂の料亭を出たところで、久我山が待ち構えていたんです」

そのとき久我山は攻め口を変えてきた。

——あの芸者、俺がやろうとしてた女だよな。あのとき、お前知ってて、あの女を見捨てたよな？　そのこと、あの女が知ったら、どう思うだろうな。

「それで脅されて久我山を社員にしたうえ、金の要求にも応じたのか」

亘に問い質され、吉岡はうなずいた。

「断れば、彼女に知られてしまいます。あのとき、彼女を見捨てたのが自分だと。それだけは絶対に知られたくなかった」

「もしかして、叶笑さんのこと」亘は吉岡の気持ちを知った。「それで彼女を庇って、自分がやったなんて嘘を」

「でもまさか、小坂くんが犯人だったとは」

目を伏せる吉岡に、右京が言った。

「いいえ、おそらく小坂奈都子の犯行ではありませんよ」

「じゃあ、久我山を殺したのはいったい……」

「もうひとりいますよね。十五年前の事件のことで久我山の存在に脅えていた人物が」

右京の眼鏡の奥の瞳がきらりと輝いた。


捜査一課の三人は〈エアアース〉社で小坂奈都子から事情を聴いていた。

奈都子は憎々しげな顔で語った。

「あの久我山って男が社長と話してるのを聞いたのよ。そしたらあの芸者、昔、久我山に襲われた女だっていうじゃない。そんな女のために脅しに乗るなんて」

「それで吉岡になりすまして、メールを送ったってわけ？」

奈都子が質問した芹沢を睨《にら》み返した。

「だってあんな芸者のせいで、なんであたしが捨てられなきゃいけないの？」

麗音が信じられないという顔で前に出た。

「久我山に彼女を襲わせようと思ったんですか？」

「そんな……。ただ、ちょっと嫌がらせしたかっただけよ」

その言い草が伊丹の逆鱗《げきりん》に触れた。

「ちょっと嫌がらせだと？　ふざけるな！　その嫌がらせのせいで人がひとり死んでるんだ！」


夕方、右京と亘が物流会社の倉庫を訪れたとき、田崎元哉はちょうど仕事を終えて帰ろうとするところだった。

特命係のふたりを見るなり、田崎は踵を返して逃げ出した。倉庫内の構造には田崎のほうが通じていたが、外に出てからは走力が物を言う。足の速い亘に追いかけられ、田崎の肺が悲鳴をあげはじめたとき、だしぬけに目の前に右京が現れた。右京は人の行動を読むのが抜群にうまかった。

挟み撃ちにあい、田崎はその場にしゃがみ込んだ。

四

翌日の昼、右京は棚橋智美を赤坂の公園に呼び出した。洋装で髪を下ろした智美は、料亭で見る叶笑よりも幼く見えた。

「叶笑さん、あなた十五年前、久我山に襲われたとき、助けを求めた相手が吉岡さんだったと気づいていたんですね。気づいたのはいつのことですか？」

「最初はまったく。ですが三カ月前、あの男を目にしたときに気づきました。あのとき、助けてくれずに恨んでいた相手が、まさか吉岡さんだったなんて。でもそれを伝えたら、きっと吉岡さんはもう……」

うつむいてしまった智美に、右京が語りかけた。

「怨憎会苦……。ようやくわかりました。小手鞠さんのことばの意味が」

「小手鞠姐さんがなにを？」

「小手鞠さんは気づいていたのでしょうねえ、あなたの吉岡さんに対する思いに。だからあなたは、吉岡さんを騙《かた》ったあのメールを見て、彼と話をするためにここに来たんですね」

「はい」

ところがそこで待っていたのは、こともあろうに久我山だった。久我山は叶笑を見て意外そうだったが、すぐに性懲りもなく襲いかかってきた。叶笑は身を護るため、とっさにかんざしを抜いて振りかざしたのだった。そして、かんざしの先が頬をかすめて久我山がひるんだすきに、左足首をひねりながらも、なんとか逃げ出したのだった。

右京が推理を続けた。

「そのとき通報しなかったのは、吉岡さんの名前を出したくなかったからですね？」

「はい。もしかしたら吉岡さんが久我山を……そう思ったら言えませんでした」

「ですが、久我山を殺害したのは吉岡さんではありませんよ」

「えっ？」

「久我山を殺害したのは、十五年前、吉岡さんと一緒にリサイクルショップに窃盗に入った田崎元哉という男でした」

　その田崎は、警視庁の取調室で伊丹から質問されていた。

「久我山のことは吉岡壮介から聞いたんだな？」

　田崎はすっかり素直になっていた。

「はい。久我山に脅迫されて、あいつのことをしゃべってしまったことを詫《わ》びにいったんです。久我山から脅されているのかと訊くと、吉岡はそのとおりだと。今度は俺の番だ、いつか俺のとこにもまたって、そう思うともう怖くて……。毎日毎日生きた心地がしなくて。それでやられるまえに殺《や》ろうと思って、吉岡から久我山の居場所を聞いて、機会をうかがっていたら……」

　そうしたら、久我山が叶笑に襲いかかり、反撃されて頬を負傷してうずくまった。ここがチャンスとばかりに、落ちていたかんざしを拾って、久我山の首に突き立てたのだった。

　右京は公園で、棚橋智美との会話を続けていた。

「叶笑さん。十五年前のあの夜のことなんですがね。あなたを救出した警察官に当時の話を聞きました。あなたの叫び声が聞こえ、それで駆けつけたと」

「ええ。あのとき、物音がして。あのお巡りさんが来てくれなかったら……」

「その警察官は同じ夜、リサイクルショップの防犯ベルの音を聞き、現場へ向かい、窃盗犯を追尾中にあなたの叫び声を耳にしたそうです」

「そうだったんですか」

「ところが、主犯格の田崎元哉に確認したところ、侵入後、防犯ベルが作動しないようにブレーカーを落としたと言ってるんですよ。では、なぜ防犯ベルが作動したのか。考えられる答えはひとつ」右京が左手の人差し指を立てた。「誰かが防犯ベルを鳴らしたからですよ。叶笑さん、あなたを助けるために。そうですよね、吉岡さん」

右京が呼びかけると、亘に付き添われて吉岡が姿を現した。

「じゃあ、本当は……」

本当は、田崎が落としたブレーカーを吉岡が元に戻し、防犯ベルを鳴らした。そして、ベルに気づいた石丸たちがやってくると、吉岡はあえて廃工場のほうへ逃げて石丸に後を追わせ、智美の悲鳴を聞かせたのだった。

「すまない。あのとき、君をすぐに助けられなくて」

吉岡が深々と腰を折った。

「そんなこと……」

「そのせいで、君はずっと……」

吉岡は胸が熱くなり、ことばに詰まった。

「ありがとう、吉岡さん。あのとき、助けてくれてありがとう」

智美はことばを絞り出したが、目は潤んでいた。


その夜、家庭料理〈こてまり〉では、小手鞠が右京に酌をしていた。

「どうぞ。これはわたしからのほんの気持ち」

「どうも」

「はい、どうぞ」と亘のグラスに白ワインを注《つ》ぐ女将に、右京が言った。

「ようやく叶ったのではありませんか？　小手鞠さんの願いが」

「えっ？」

「小手鞠さんですよね？　叶笑さんの名付け親。さしずめいつか彼女を笑顔にしてくれる人が現れることを願って、といったところでしょうかね」

「なるほど。これが聞きしに勝る特命係の杉下右京ね」

「おやおや。含みのある言い方ですねえ」

仲裁するように、亘が徳利《とっくり》を取って、小手鞠のほうに向けた。

「まあまあ。小手鞠さんもいかがですか?」

「待ってました」

グラスを取り上げた女将に酌をしようとする亘を右京が制した。

「その前にひとつ確認なのですが、本当のところ、おふたりのことはどこまでご存じだったのですか?」

「野暮なお人。十五年間、藪《やぶ》の中だった真相が、杉下さんと冠城さんのおかげで明らかになった。それでいいじゃない」

「恋心　ことばにせねば　藪の中」

亘が川柳風にまとめると、右京が受けた。

「なるほど。ふたりの思いを藪の外へ解き放ちたかった……。まあ、そういうことでしたら。はいどうぞ」

納得した右京が徳利を取って、小手鞠のグラスに酒を注ぐ。

「結構面倒くさい人ね」

「今頃気づいたんですか?」と亘が笑う。

「わたし、細かいことは気にしない性質《たち》なんで」

「では」

右京が猪口《ちょこ》を掲げると、亘はワイングラスで、小手鞠はグラスで応じた。

「ありがとうございました」

小手鞠の音頭で、三人は各々の酒器を合わせた。

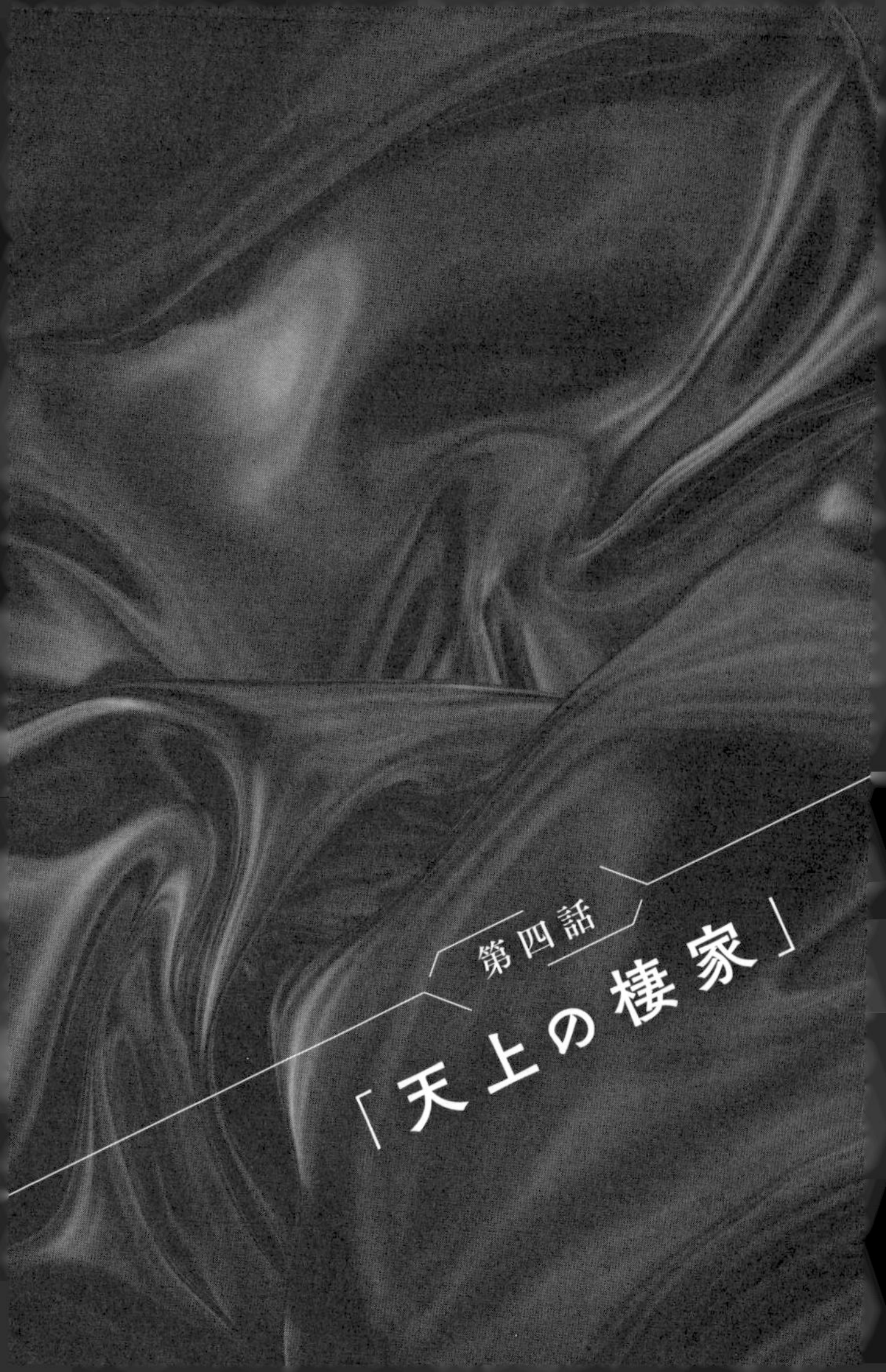

第四話
「天上の棲家」

一

四十代後半の衆議院議員、白河達也《しらかわたつや》が姿を現すと、多数の記者が取り囲んだ。

「〈帝光地所《ていこうじしょ》〉から多額の現金を受け取ったというのは事実でしょうか？」

「会見のご予定は？」

記者たちがマイクを突きつけながら口々に質問を浴びせたが、白河は無視して通り過ぎようとする。

「今回の口利きは、総理の意向を汲《く》んでのことではないんですか？」

眼鏡をかけた『日刊トップ』の記者が放った質問には、白河も思わず足を止めた。

「そのような事実はいっさいありません。報道の内容については国民の皆さんの誤解を招かないよう、然《しか》るべきときにしっかりと説明責任を果たします」

「すみません」

第一秘書の木田剛《きだつよし》が記者たちを掻《か》き分け、それに続いて白河は議員会館へ入っていった。

「すみません。お待たせしたようで」

執務室に入った白河は、ソファに座って待っていたふたりの男に挨拶をした。ふたりが立ち上がって名乗る。

「警視庁特命係の杉下と申します」

「冠城です」

待っていたのは、杉下右京と冠城亘だった。

「時間もありませんので」白河はソファにどかっと座ると、特命係のふたりに手で着席を促す。「あなた方にお願いしたいのは、嫌がらせの犯人捜しです」

「夜中にご自宅の庭にゴミを投げ込まれたと聞いていますが」

右京のことばに、白河が眉間に皺《しわ》を寄せた。

「ええ、ひどいものでした」

「警察へは?」亘が訊《き》いた。

「いえ、そこまでのことではないと思っていましたから。でもそのあと、この秘書の木田の家もやられて」

木田の家には石が投げ込まれ、そのせいで窓ガラスが数枚割れてしまったという。

「嫌がらせの原因になにか心当たりは?」

右京が質問すると、白河は木田に合図して『日刊トップ』を持ってこさせた。

「もちろんこれでしょう。嫌がらせがはじまったのはこの記事が出てからですから」

日刊紙の一面に取り上げられた記事には、「白河議員収賄《しゅうわい》　財務局へ口利きで二千万円要求」と大きな見出しが躍っていた。

右京はその記事の内容を知っていた。

「臨海エリアの国有地払い下げをめぐり、〈帝光地所〉からの依頼で売却価格を下げるように財務局へ口利き。その見返りとして二千万円を受け取ったのではないかという疑惑でしたね」

「ネタの出どころは、匿名の『告発者X』が持ち込んだ音声データだと」

亘が水を向けると、白河は顔を曇らせた。

「まったくでたらめもいいところですよ。そもそも匿名の告発者など信用できるはずがない」

「ですが、収賄疑惑というものは一度報じられると、世間はクロだと考えたがるものです」

白河が亘のことばにうなずく。

「そして、その結果がこの嫌がらせですよ」

「先生、そろそろお時間が」

木田が腰をかがめて小声で告げると、白河は勢いよく立ち上がった。

「ああ、すみませんが、私はこれから予算委員会なので」

「では、詳しいお話はご自宅の方からも」

申し出る右京に、白河はさほど関心なさそうに、「ああ」と答えて部屋から出ていった。

議員会館を出た路上で、亘が愚痴《ぐち》った。

「それにしても嫌がらせの捜査って。政治家ならよくあることじゃないですか」

右京は静かに受け止めていた。

「仕方ありません。頼まれた以上、警察が動かないわけにはいきませんから」

「中園参事官がお前らにぴったりの仕事があるぞって。なんか怪しいと思ったんですけどね」

「君の不満はわかりますが、僕には僕の思いがありますから」

白河家の仏間では、達也の義母に当たる貴代《たかよ》が和服姿で花を生けていた。ふすまの外から家政婦が呼びかける。

「大奥さま、警察の方がお見えになりました」

「お通ししなさい」

「はい。どうぞ」

家政婦に促され、右京と亘が姿を現した。右京に目をやった貴代が目を瞠《みは》った。

「あら、あなた……」

「お久しぶりです、杉下です」

　応接室に場を移したところで、貴代が言った。

「二十四年ぶりですわね」

「ええ」

「あなたのお顔はいまでも忘れませんよ」貴代は右京にそう言うと、亘と向き合った。

「あなたはお若そうだけれど、わたくしの父をご存じ?」

　亘が壁に飾られた肖像画に目をやった。

「大蔵大臣を務められた白河十蔵《じゅうぞう》先生」

「そう。そして父の跡を継いでこの家に入ったわたくしの夫秀雄《ひでお》は、収賄疑惑の捜査の最中に自ら命を絶った」

　亘は十蔵の隣の秀雄の遺影に視線を移した。

「検察の聴取を目の前にして亡くなったと」

「僕がその事件を担当していました。今日は達也さんから嫌がらせの捜査を頼まれましたので」

　右京のことばに、貴代は眉を顰《ひそ》めた。

「まったく余計なことを。この家に軽々しく警察官を上げるなんて……」

そのとき、家政婦が足音も高く駆け込んできた。

「大奥さま、お嬢さまが！」


家政婦の話を聞いた右京と亘は、すぐに病院に行った。

「警視庁の杉下です。少しお話をうかがいたいのですが」

処置室に入った右京が申し出ると、医師は患者を目で示してから答えた。

「どうぞ。怪我《けが》の処置は終わっていますので」

右京は達也の妻の瑞江《みずえ》の前に立った。

「お怪我は大丈夫ですか？」

瑞江は包帯の巻かれた右の手首をさすりながら、「ええ。傷はたいしたことないそうです」と答えた。

「公園で襲われたというのは？」

「広場で遊んでいた大樹《だいき》を、男が無理やり連れて行こうとしたんです」

瑞江によると、自宅の近くの〈大山町《おおやまちょう》公園〉で小学四年生の息子の大樹を遊ばせていると、キャップを深々と被《かぶ》り、マスクとサングラスを着けた男が突然現れて、大樹の腕をつかんで引っ張っていこうとしたのだという。気がついた瑞江が駆けつけ、男と揉《も》み合いになった。男は瑞江を突き飛ばして逃げていき、その際に瑞江は腕に軽い怪我を負った。


病院の廊下では、長椅子に座った大樹が腹を鳴らしていた。

「大樹くん、大丈夫か？」

付き添っていた亘が声をかけた。

「はい」

大樹は答えて、ジャケットのポケットに手を突っ込んだ。そして不審そうな表情で封筒を取り出した。

「それ君の？」

亘の問いかけに、大樹は「違います」と答えた。

「ちょっといい？」

亘が封筒を受け取り、中から手紙を取り出した。定規を使って書いたと思《おぼ》しき角張った文字が連なる文面に目を通しているところへ、処置室から右京と瑞江が出てきた。

「右京さん、大樹くんのポケットにこれが……」

亘から渡された手紙を、右京が音読した。

「『白河達也へ。本日午後七時までに会見を開き、国民の前で自らの犯した大罪を告白しろ。これ以上、言い逃れをするようであれば、お前の家族を殺す。告発者X』」

「大樹！」

瑞江がわが子を抱き寄せた。


右京から連絡を受け、捜査一課の伊丹憲一が芹沢慶二と出雲麗音を引き連れて白河邸に乗り込んできた。

一方、妻から連絡を受けた白河達也も木田を伴って急いで帰宅した。

応接室で証拠品袋に入った脅迫状を手にした達也が声をあげた。

「告発者X……これが大樹のポケットに？」

伊丹が説明する。

「犯人は大樹くんを拉致《らち》しようとしたが失敗して、その脅迫状を残したようです。告発者Xと名乗る人物に心当たりは？」

「まったく見当がつきません」

そのとき引き戸が開き、瑞江が入ってきた。

「どうするつもりなの？」

「この脅迫状のことか？」

「そうよ」

「お前は会見を開けっていうのか？」

「だって実際、大樹まで狙われたのよ！　家族を殺すって……。本気としか思えない。もし収賄が本当なら、会見を開いて潔く認めるしかないじゃないの！」

瑞江と達也の言い争いを、いつの間にか入ってきていた貴代がぴしゃりと遮った。

「そのぐらいになさい！」

場が静まり返ったところで、貴代は捜査陣に向かって言った。

「お恥ずかしいところをお見せいたしました」

「いえ……」

伊丹がことばを濁すと、貴代が訊いた。

「それで警察の捜査のほうはどうなりますの？」

答えたのは芹沢だった。

「はい、まずは告発者Xの特定を進めて、それと同時に公園周辺の聞き込みや、防犯カメラの映像の確認をおこないます」

「よろしくお願いいたします」貴代は捜査陣に頭を下げると、達也を正面から見据えた。「なにもやましいことがないのなら、こんな脅しに乗る必要はありませんよ。ただし、身に覚えがあるのなら取るべき道はひとつのはずです」

口をつぐむ達也に、木田が小声で耳打ちした。

「先生、まずは幹事長にご相談を」

「わかった」

達也と木田が足早に去るのを見送って、貴代が娘に呼びかけた。

「瑞江！」

伊丹たちは『日刊トップ』の編集部を訪れ、眼鏡をかけた記者、黒崎健太《くろさきけんた》から話を聞いていた。しかし、黒崎は肝心なことになると、話をはぐらかした。

「いくら捜査一課からの依頼でも、告発者Xの身元をお話しするわけにはいきません。情報源の秘匿は記者の鉄則です」

「まあ、そう堅いこと言わないで。あんたも元検事ならこっちの事情がわかるだろ」

伊丹の言うように、黒崎は以前、法務省の地検特捜部に勤めており、警視庁に転職する前の亘の同僚だった。

「申し訳ないですが」

「でもさあ、特命係とは仲良くしてたじゃない」

芹沢は、黒崎が右京を尊敬していることを引き合いに出した。

「それとこれとは関係ありません」

「こっちは人の命がかかってるんですよ」

麗音は正攻法で当たったが、伊丹から「出雲」と制された。

そこへ編集長の岡元《おかもと》がやってきた。

「刑事さん。すみませんがそのネタ、こいつの念願の大スクープなんで。余計な圧力かけないでもらえますかね」

「こちらは丁重に、捜査協力をお願いしてるだけですが」

伊丹から睨《にら》みつけられても、編集長は一歩も引かなかった。

「だったら、令状お願いしますよ」

いまにも暴言を吐きそうな伊丹を芹沢が「先輩」となだめる。

そして岡元と黒崎に「どうも」と頭を下げて、伊丹と麗音を連れて出ていった。

右京と亘は〈帝光地所〉のオフィスを訪れ、応接室で都市開発部の部長、小川《おがわ》から事情を聴いていた。

「告発者Xが〈帝光地所〉の人間だと？　そんなこと、あり得ませんよ」

小川は右京の疑念を一笑に付した。

「そうですか。記事の内容から、御社の方である可能性が高いと思ったのですが」

「『日刊トップ』もひどいものです。音声データで提供されたとかいう会話自体がまったくの事実無根ですから」

「おや、事実無根とまでおっしゃる」

「『日刊トップ』だって、虚偽の記事を載せれば訴えられることぐらい、わかっているはずですからね」

亘が言ったとき、常務の東郷《とうごう》が入ってきた。

「仮にその会話が事実だとしよう」

「常務！」

驚いて腰を浮かす小川を、東郷は制して続けた。

「だがね、あんな若造に手綱を握られるほど、私はもうろくしちゃいないよ」

右京が東郷の発言の真意を質《ただ》す。

「若造というのは白河達也議員のことでしょうか。我々がいま知りたいのは収賄疑惑の真偽ではありません。告発者Xの捜索にご協力いただきたいと言っています」

「だったらうちには関係ない。お引き取りを」

興味を失ったようすの東郷に、右京が思わせぶりに言った。

「でしたら安心しました。告発者Xは脅迫事件に関わっている可能性があります。もしやこちらにも被害が及んでいるのではないかと思ったものですから」

「脅迫？」

虚をつかれた顔の小川を、右京は無視した。

「こちらの話ですので。では失礼しましょうか」

オフィスを出たところで、亘が右京に話しかけた。

「告発者Xどころか、脅迫の件も〈帝光地所〉は知りませんでしたね」

「やはり、脅迫を受けているのは白河議員だけのようです」

右京がそう応じたとき、ポケットの中のスマホが振動した。

「おや、これは……」

ディスプレイに表示された名前を一瞥《いちべつ》して、右京が亘にそれを見せた。電話をかけてきたのは黒崎健太だった。

二

エレベーターを降り、『日刊トップ』の編集部に足を踏み入れた右京を、黒崎が笑顔で迎えた。

「杉下さん、ご無沙汰しております」

「三年ぶりになりますね、黒崎くん」

右京の後ろから現れた亘が、元同僚にため口をきく。

「それにしても高松に飛ばされたお前が、まさか『日刊トップ』に転職してたとは」

「警視庁に行ったお前に言われたくないよ」

「あっちでもいろいろあったのか？」

「いや、そうじゃない。でも法務省の人間でいる以上、国の言いなりになるしかないと痛感することもあってな」

　右京が黒崎の心情を推察する。

「法の正義より、事実としての正義を追いかけたいということですね」

「さすが杉下さんだ。おっしゃるとおりです」

「それで、電話で言っていた情報交換というのは？」

　右京が本題に入ろうとすると、黒崎は声を落とした。

「白河議員の告発記事で捜査一課が動いてますすよね」

　亘も黒崎の心の内を読んだ。

「なるほど。それで昔なじみから話を聞き出したいってわけ」

「ですが、情報交換といっても……」

　ことばを濁す黒崎に、右京が微笑《ほほえ》みかける。

「こちらも君が告発者Xの正体を話すとは思っていませんよ。ではまずそちらの情報とは？」

「収賄回りについてでしたら、お話しできることがあります」

「それで結構」

「あちらで」

　黒崎が会議室を示した。

　会議室に場所を移して、黒崎は一枚の写真を呈示した。〈帝光地所〉の東郷常務が両隣に座った総理と幹事長の肩に手を回し、その背後に白河達也が写っていた。総理と幹事長、達也は赤ワインの入ったグラスを掲げていた。

「音声データに出てきた〈帝光地所〉の東郷常務は、総理の大学時代からの友人で親しい仲でした」

　黒崎の情報の意味を、亘が整理した。

「じゃあ、白河は総理の意向を忖度《そんたく》して口利きしたってことか。でも白河家は白河十蔵元大臣の一族。総理とは対立派閥だよな」

「そう、そこがこの収賄の鍵なんだ」

　黒崎が首肯すると、右京がまとめた。

「つまり、白河達也は白河家の婿という窮屈な立場を飛び出して総理に忖度し、有力派閥に鞍替えしようとしていたということですか？」

「そのとおりです。ですが飛び出すためにも資金が必要になります。だから総理に近づけるこの機に乗じて、〈帝光地所〉から賄賂《わいろ》を要求した、と俺は思ってます。で、そちらの情報は？」

と、そのとき、チャイムが鳴り、社内放送が流れた。

――速報です。本日午後七時より、衆議院議員白河達也氏が緊急記者会見を開くと発表しました。

亘が言った。

「これだ」


午後七時、記者会見場には、黒崎をはじめ多くの取材陣が詰めかけていた。テレビカメラの前では女性リポーターが緊張の面持《おもも》ちでマイクを握っていた。

「まもなく会見がはじまるもようです。白河議員は収賄疑惑についてなにを語るのでしょうか？　白河議員は国内最大手である〈帝光地所〉から、国有地払い下げの口利きの見返りとして現金二千万円を受け取ったと一部で報じられています。この収賄疑惑に関して……」


右京と亘は車内のモニターでこの中継を見ていた。

「家族を守るためにはやむなしですかね」

亘の見立てに、右京は「ええ」とうなずいた。

会見場に向かう白河達也の背中に、木田が不安げに声をかけた。

「先生、本当によろしいんですか？」

「ほかに道があるか？」

達也は決然と言い放ち、会見場の前に立った。そこには伊丹たち捜査一課の刑事たちが控えていた。

達也が会見場に入ると、取材陣が一斉にカメラのシャッターを切ったため、会場がフラッシュの光で満ちた。

白河は取材陣の前に立ち、マイクを取り上げた。

「先日、一部で報道された収賄疑惑について、私の口から皆様に真実をお話しさせていただきます。本日、息子が何者かに襲われ、助けようとした妻が怪我をしました」

取材陣の間にどよめきが起こった。達也はメモを見ながら続けた。

「犯人は同時に脅迫状を残しており、そこには告発者Xの名で、本日午後七時までに会見を開き、そこで私が罪を認めなければ、家族を殺すと書いてありました」

会見場が騒然としだしたところで、取材陣に資料が配られた。

「国民の皆さん、聞いてください。この脅迫犯を生み出したのはほかでもない、でためな告発記事で世論をあおり、有罪心証を広げた一部の日刊紙です」

達也が黒崎を睨み、ふたりの視線がぶつかった。

「だが、私は国民の皆様からこの国の未来を託された者として、このような卑劣な脅迫に屈するわけにはいかない。収賄などまったくの事実無根。私は潔白です。断固として戦います！」


「戻りました」

達也が木田や、自宅前で待機していた右京、亘とともに帰宅すると、いきなり瑞江が詰め寄ってきた。

「どうしてあんなこと言ったのよ！　犯人を怒らせてまた大樹が襲われたらどうするのよ！　わたしたち家族はどうなってもいいっていうの？」

「瑞江、落ち着け。いま、俺がここで罪を認めたら、俺は一生政治家として表舞台に立てなくなる。お前、それがどういうことだかわからないのか！」

「でも本当に潔白なら自白をしたってなにも出てこないでしょ？　罪に問われることだってないはずよ！」

興奮する瑞江に貴代がすたすたと近寄り、いきなり頬に平手打ちを食らわせた。

「大奥さま！」木田が目を丸くする。

貴代は達也に向き合った。

「たとえ無実でも一度でも罪を認めれば、支持者の方たちの信頼を裏切ることになる。あなたにもお考えがあるのでしょうけれど、これ以上、白河家の名を汚さぬよう、しっかりとおやりなさい」

『日刊トップ』の編集部は電話対応に追われ、てんやわんやの状態だった。社員が手分けして、クレームを受けていた。

「はい、会見を見て電話をされた……」

「当社としては、きちんと取材をしたうえで、記事を書いておりますので……」

責任を感じた黒崎が、岡元に頭を下げた。

「すみません！　まさか白河が潔白を宣言するとは……」

岡元はまったく動じることなく笑い飛ばした。

「おいおい、なに言ってる。炎上なら大歓迎だ。それにもしこれがガセだったとしても、お前の首切ればいいだけだから」

「いえ、このネタ元には絶対に自信がありますから」

「だったら、すぐに巻き返せるネタ持ってこい！　検事さんだったからって、正面から攻めるだけが正義じゃないだろ」

編集長から発破《はっぱ》をかけられ、黒崎は「はい……」と答えるしかなかった。

白河邸の縁側でひとりタバコを吹かしている達也に、亘が近づいていった。

「ネットにはあなたを応援するコメントがあふれてます」

達也は亘に顔も向けなかった。

「世論なんてそんなもんだ。ドラマチックなことが起きるとすぐそっちに流される」

「家族を守りたいと考えてるなら、なにか別のやり方もあったんじゃないですかね」

「……家族か。俺は長いこと、この家に尽くしてきた。もう十分だろう。俺は先代と同じ轍《てつ》は踏まない」

達也は自分自身に言い聞かせるようにつぶやいた。


その頃、右京は白河邸の書斎に足を踏み入れたところだった。そこでは貴代が物思いにふけっていた。

「こちらでしたか。先代が亡くなったのはこの書斎でした」

白河秀雄は書斎の椅子に座ったまま服毒自殺したのだった。

「わたくし、ときどき思いますのよ。もし主人が生きていたら、立派にこの国を率いてくださっただろうにと」

「でしたら、ご自身の口で真実をお話しいただきたかった」

「真実？　それはあなたの真実でしょ。政治家は悪だと決めてかかっている」

「真実は事実の積み重ねでしかありません」

右京が信条を語ると、貴代は声を荒らげた。

「主人は崇高な信念と強い責任感を持つ人でした。だからこそあのような執拗《しつよう》な取り調べを受けて、追い詰められた……。あなたが殺したのよ」

「今回もまた、そうやってあなたは収賄疑惑から達也さんを守るおつもりですか？」

「あなた、最後にわたくしに言ったことば、覚えていらっしゃる？」

右京はちゃんと覚えていた。

「いずれまたおうかがいします、と」

「それが二十四年経ってまたいらっしゃるとは。皮肉なものね」

貴代が右京に冷ややかな視線を浴びせた。


その夜、捜査一課のフロアに参事官の中園照生が困ったような顔でやってきた。

「おい伊丹！　告発者Xとやらの正体はつかめたのか？」

伊丹がカップラーメンをすする手を止めて答える。

「大樹くんが襲われた公園周辺の防犯カメラを確認して、目撃情報も集めていますが、被疑者の割り出しはまだ……」

「じゃあ、『日刊トップ』は？　なんとかならんのか？」

先輩たちにコーヒーを運んできた麗音が答える。

「再度協力を要請していますが、断固拒否すると……」

「じゃあ、贈収賄の関係者はどうなんだ？」

芹沢がコーヒーを受け取って首を振った。

「アリバイに気になる点がある数人を聴取しましたが、いずれも空振りでした」

「あの潔白会見のせいで脅迫犯がますます強硬な手段に出るかもしれんだろ。事が起こる前になんとしてでも捕まえろ。いいな」

中園が三人をけしかけた。


右京と亘が特命係の小部屋に戻ってくると、組織犯罪対策五課長の角田六郎がテレビでニュースを見ていた。

「あれ、課長、まだいたんですか？」

亘が声をかけると、角田は画面を指差した。

「おお、戻ったか。白河議員の潔白会見、テレビでも大騒ぎだよ。これ見たら、ああ本当は、白河はシロだったんだって思うやつが多いだろうなあ」

「どうやら告発者Xの思いとは反対のことが起こっているようですねえ」

右京が言ったとき、サイバーセキュリティ対策本部の青木年男がノートパソコンを携えて入ってきた。

「まだ見てないな？」

思わせぶりな態度の青木に、亘が訊く。

「なんだよ、青木？」

「いや別に」

「さっさと見せろ」

「なんだ、その言い方は。もう一度どっかで、お願いの仕方を教わってきたらどうだ？」

同期のふたりの言い争いを無視し、右京が青木に迫る。

「君、見せたいから来たんですよね？」

「見せます。見せますから、離れてください」青木がノートパソコンを操作した。「三分前にアップされたばかりの、とれたてほやほやのビッグニュースです」

画面に現れたのは〈日刊トップオンライン〉の最新ニュースで、白河達也の執務室の隠し撮りの映像だった。

「いくら出すって？」

達也が問うと、顔の映っていない相手が答えた。ボイスチェンジャーをかけられ声が変えられている。

「そういった話はしておりません」

「だからそれを話してこいって言っただろ！」

達也が怒鳴ると、相手が言った。

「でもそれでは斡旋《あっせん》収賄になってしまうかと」

「そうじゃないだろ。これは政治資金だよ。俺が金儲けしようとしているわけじゃない」

「では、領収書を出して処理してよいということでしょうか」

「先方はそんなものはいらないと言っている」

映像を見た角田がにやりと笑った。

「今度は『日刊トップ』が反撃開始ってわけか。でもこれで白河の収賄は決定的だな」

「ええ。潔白だなんて、とんだ嘘っぱち。なにが『まったくの事実無根』だよ。なんなら白河が話してた相手の音声、解析しましょうか？」

青木の申し出を右京が断る。

「いや、結構」

「ちょっと……お礼ぐらい言ったらどうなんです？」

離れていく右京と亘に青木がむくれると、角田が右京の口まねをした。

「どうもありがと」

部屋の隅で亘が右京に言った。

「ネタ元は秘書の木田です」

「ええ、間違いありません。告発者Xは木田でしたか」


その頃、議員会館の白河達也の執務室では、達也が木田に当たり散らしていた。

「お前はバカか！　執務室にカメラを仕掛けられる間抜けがどこにいる！」

直立不動で罵声《ばせい》を浴びていた木田が、深く腰を折る。

「申し訳ございません！」

「これじゃ、せっかくの潔白宣言が水の泡だろ！」

そのとき、達也のスマホの着信音が鳴った。画面に表示された名前を見て、達也の顔色が変わる。

「白河です。幹事長、申し訳ございません！」

達也が話しながら部屋を出ていったとき、今度は木田のスマホが振動した。電話をかけてきた相手が特命係の杉下右京だと知った木田は、電話に出ずに終話ボタンを押した。

三

翌朝、右京と亘が白河邸を訪れると、貴代と瑞江が玄関先に出てきた。門からやや離れた場所には、数人の記者、テレビカメラのクルーやリポーターらが待機していた。

「いったい、なんのご用なんですの？」

あからさまに迷惑そうな顔をする貴代に、右京が説明した。

「昨夜から白河議員と木田さんに連絡が取れないのですが。ひょっとしてこちらに戻ってらっしゃるのではないかと思いまして」

「家には戻っていません。昨日の夜、出ていったきりです」

瑞江が答えると、大樹が玄関先に現れた。

「お父様いたよ」

「大樹、なに言っているの？」

「いや、だって……」

「確認させてもらいます」

「失礼します」

右京と亘が靴を脱いで上がり込む。ふたりは迷わず書斎に向かった。亘がドアを叩く。

「白河議員、いらっしゃいます？」

返事がないのでドアノブを回すと、施錠されていないドアは簡単に開いた。

達也は椅子に腰かけたまま動かなかった。青白く変色した顔色から、ひと目で絶命していることがわかった。

特命係のふたりに続いて書斎に入ってきた瑞江が変わり果てた夫の姿を見て、悲鳴をあげた。

しばらくして益子桑栄ら鑑識課の捜査員たちが臨場し、さらに伊丹や芹沢ら捜査一課の面々もやってきた。

益子は達也の遺体を検分してから説明した。

「死亡推定時刻は本日午前一時から三時」

「自殺か?」伊丹が結論を急ぐ。

「断定はできないがな。死因は中毒死だ。おそらくはアルカロイド系の神経毒だろう。このボトルが怪しいな」

益子がテーブルの上に転がっているマグボトルに視線を向けた。右京は毒の種類を気にした。

「アルカロイド系。それはたとえばトリカブトのような毒物でしょうか?」

「ああ、その可能性はある。調べておく」

「お願いします」

亘は書斎にあったパソコンを調べていた。

「右京さん、これ……」

「冠城、勝手に触るんじゃない！」

伊丹が邪魔者を押しのける。パソコンにはこんな文章が残されていた。

——帝光地所を巡る収賄は、ある人物からの指示で私がおこなったものです。そのことで私は支えてくれた家族や支持者、国民を裏切ってしまった。すべては権力に魅せられ、断ることのできなかった私の責任です。自らの過ちを死んでお詫《わ》びいたします。

白河達也
「ある人物からって穏やかじゃねえな」

伊丹が感想を述べた。

「でもこれで、自殺で決まりってことですね」

芹沢と違い、右京は納得していなかった。

「本当にそうでしょうかねえ」

「え？」

「警部殿、なにか他殺の証拠でもあるっていうんですか？」

伊丹が探りを入れる。

「いえ、それはまだですが、マグボトル以外に毒の容器は見当たらないようですよ。であれば、最初から毒を入れたマグボトルが持ち込まれたか、あるいは、何者かが毒の容器を持ち去ったか。ああ、それと木田さんの行方はまだわかっていませんねえ」

そこへ出雲麗音が入ってきた。

「失礼します。表の防犯カメラですが、夜中に白河議員と秘書が出ていってから、今朝まで人の出入りはありませんでした。でも裏口にはカメラがなくて……」


白河貴代は庭に置かれたテーブルで屋敷を眺めながら、ぼんやりとお茶を飲んでいた。

そこへ右京と亘がやってきた。

「遺書が見つかりました」右京が報告した。

「そう。じゃあ、達也さんは自殺なのね」

「いえ、そうとも限りません」

「でもいま、遺書があったって」

亘が貴代の正面に腰を下ろした。

「その遺書が不自然なんですよ」

「不自然？」

「追い詰められて衝動的に自殺したっていうならまだしも、遺書には家族や支持者への謝罪のことばまでありました」

「だってそれはあって当たり前でしょう」

怪訝《けげん》そうな顔になる貴代に、右京が説明した。

「そうでしょうか？　達也さんは賄賂を要求しておきながら、会見ではさも自分が被害者のように振る舞い、身の潔白を宣言した。失礼ながら、そこまで面《つら》の皮の厚い人間が、そんな殊勝な遺書を残して自殺するとは、到底考えられません。思えば、ここでは二十四年前にも同じようなことが……。僕にはまるで呪縛のように思えるのですがねえ」

「呪縛……」

貴代がぽつんとつぶやいた。

白河邸の門前には報道陣が詰めかけていた。喪服をまとった瑞江が、悲痛な表情で報道陣の前に姿を現した。

「夫は先ほど、自ら命を絶ちました」

しんとなった報道陣を前に、瑞江は震える声で続けた。

「過ちを犯し、国民の皆さまを裏切った。そのことは許されないことだと思います。ですが……白河達也は、この国のためにと志を持って頑張っていました。その姿をそばでずっと見てきたんです。だからこそわたしは、罪を認めてやり直してほしかった……」

そこへ大樹がやってきた。

「ママ……」

「大樹……」

瑞江は息子を抱きしめて、すすり泣いた。

右京と亘がその光景を離れた場所から見ていた。


その夜、家庭料理〈こてまり〉で、亘が白河瑞江の会見のようすを振り返っていた。

「まさにことばどおり、死者に鞭《むち》打つな」

「ええ」右京が同意する。「白河議員の死を美化しようとしているかのようでした。どこまで本音かはわかりかねますが」

「いわゆる内助の功のアピールにも聞こえましたけど」

カウンターの中で調理していた女将《おかみ》の小手鞠こと小出茉梨が、亘のことばを聞きつけた。

「いま聞こえてしまいました。内助の功。でも、いまどきどうなんでしょうね」

亘がワイングラスを口に運ぶ。

「いまや家事も育児も分担して、妻が出世する時代」

「あら、よくご存じで」

「周りに優秀な女性が多いのでね」

「冠城くんの言うとおり、最近の女性は実にたくましい」

猪口《ちょこ》を空けた右京に、小手鞠が微笑みかけた。

「本当にそうですよね。女性起業家に経営者。最近では、警察の女性の方ともご縁をいただいてますけど、芯の強い方ばっかりで」

「その芯の強い人って、誰かわかるような気もしますけどね」

身を乗り出す亘に、小手鞠が忠告した。

「じゃあ、ついでにもうひと言。女は強いばっかりじゃないですよ。したたかですからね。おふたりとも十分にお気をつけになって」

「よく覚えておきます」

「気をつけます」

亘も右京も軽く頭を下げた。


その頃、白河邸では貴代が、障子の向こうの人影に話しかけていた。

「じゃあ、あとは頼みますよ」

「かしこまりました、大奥さま」

障子越しに木田が深々とお辞儀した。

翌朝、木田剛が警視庁に自首してきた。取り調べは伊丹と芹沢、麗音が担当した。

「『日刊トップ』の告発も、嫌がらせも、大樹くんを襲ったのも、白河議員への脅迫状も、すべてお前がやったって言うんだな？」

念を押す伊丹に、木田は神妙に「はい」と答えた。芹沢が訊いた。

「動機は？　日頃の鬱憤《うっぷん》晴らし？」

「いえ、そんなんじゃありません。私は先代からの秘書です。秀雄先生を尊敬していました。だから達也が許せなかった」

伊丹には木田のことばの意味がわからなかった。

「どういうことだ？」

「達也もはじめはよかった。でも最近は党内の権力者に擦《す》り寄ってばかりで、しかも収賄にまで手を染めた。政治家としての志を捨てたとしか思えなかったんです」

「それで収賄の証拠となるやり取りを録音して、『日刊トップ』に持ち込んだのか？」

「はい。音声データを渡してすべて話しました。そうすれば罪を認めるだろうと……」

「だが白河は認めようとしなかった」

「自分には総理がついているから検察が動くはずがないと。だからもっと追い詰めようと……」

「最後のひと押しが、大樹くんの事件だったんだな」

「あれで最後にしたかった。だから脅しが効くようにと、変装までして大樹くんを襲うと見せかけ、ポケットに脅迫状を押し込みました。お嬢さんに怪我を負わせるつもりはありませんでした」

うつむく木田に、麗音が〈日刊トップオンライン〉の映像をスマホに表示して見せた。

「これもあなたが流したんですか？」

「ええ。会見のあとに、記者の方から連絡があって、なにか決定的な証拠になるものはないかと。達也を悔い改めさせるためには、もうこうするしかないと思ってのことでした」

「昨夜《ゆうべ》からどこにいた？」

伊丹が木田に強い語調で質問した。

「有楽町のホテルに。外には出ていません」

「嘘つけ！　お前が告発者Xだと白河にバレた。それで白河を殺したんじゃないのか？」

伊丹が迫ったが、木田は否定した。

「それは違います！」

「じゃあ、誰がやった？」

「自殺です！　あいつはやっと自分の過ちに気がついたんです。でも遅すぎた。達也はもう死ぬしかなかったんです」

取り調べのようすをマジックミラー越しに特命係のふたりが見ていた。

「最後の役目を終えた、というところですか」

亘のことばに、右京が同意した。

「そのようですねえ」


ふたりが特命係の小部屋に戻ってくると、角田が取っ手の部分にパンダが乗ったマイマグカップを持って入ってきた。

「木田が出頭したらしいな」

「ええ」亘が応える。「自分が告発者Xで、嫌がらせも脅迫も自分がやったって自白しました。まだ淹《い》れてませんよ、暇じゃないんで」

最後はコーヒーサーバーが空だと知ってがっかりする角田への説明だった。

「なんだよ。ん？　ってことは白河議員を殺したのも木田か？」

「いえ、そうではありません」

右京が答えたとき、亘のスマホが振動した。

「冠城です。ええ」

角田は右京がパソコンで見ていた捜査資料をのぞき込んだ。

「なんだ、一九九六年？　二十四年前か。なんだよ、こんな古い資料見て」

「わかりました、はい」亘が電話を切る。「右京さん、白河達也のマグボトルに入っていた毒物。先代の自殺のときのものと成分が一致したそうです」

「そうですか。どうもありがとう」

角田が昔のことを思い出した。

「あれ？　二十四年前ってたしか杉下、二課で白河秀雄の収賄容疑、調べてたんじゃ……。まさかあんた、まだ諦めてなかったのか？」

「ええ。今回ですべて決着がつくかもしれません」

右京の眼鏡の奥の瞳がキラリと輝いた。

四

右京と亘が白河邸を訪ねたとき、貴代は縁側で花を生けていた。

右京が口火を切る。

「先代が亡くなったときも、あなたはそうやって花を生けていました」

「主人も達也さんもこの家を守るために自ら命を絶ちました。わたくしにできることはお花を手向《たむ》けることぐらいでしょうから……」

「先ほど木田さんが警察に出頭してきました。嫌がらせも脅迫も自分がやったと」

亘の報告を、貴代は「そう」と受け流した。

「驚かないんですね」

右京が一気に攻め込む。

「木田さんは達也さんの死は自殺で間違いないと。ですが、自殺などではありません。達也さんは殺されたんです。木田さんが出頭したのは、忠誠を尽くすある人物への疑いを逸らすためでしょう。そしてそのある人物とは、貴代さん、あなたです」

貴代は愉快そうに笑った。

「まあ、杉下さん。あなたは執拗な追及で主人の命を奪い、そして今度は達也さんの死にまで因縁をつけようとなさるの？」

「因縁などではありませんよ。僕は今回の一連の騒動はこの家の呪縛が生み出したものだと思っています」

「呪縛？」

昨日も右京がそのことばを使ったのを、貴代はしかと覚えていた。すると、右京が説明をはじめた。

「達也さんの死の原因となったのは、彼のふたつの行動でした。ひとつ目は達也さんが〈帝光地所〉に口利きを持ちかけたこと。それは達也さんが総理に忖度し、擦り寄るためにしたことでした。白河家にとって、総理はいわば対立派閥の頂点。達也さんが目論んだのはその対立派閥への鞍替えです。あなたはすぐに達也さんの思い描く絵図に気づいたのでしょう。それは言ってみれば白河家に対する反逆です。もう白河家から達也さんを排除するしかない。そう考えたあなたは、彼の政治生命を絶つための策略を練ったんです」

沈黙して告発を聞く貴代に、右京は続けた。

「あなたは木田さんに、告発者Xとして日刊紙に達也さんの収賄疑惑を告発させ、さらに嫌がらせと脅迫で達也さんを追い込み、会見を開いて、自らの罪を認めさせようとした」

亘が話を継いだ。

「ところがあなたは思いもよらない反撃に遭った。達也さんは脅迫を逆手に取り、その会見で身の潔白を主張した」

右京が再び話の主導権を取る。

「そしてこれがふたつ目の死の原因になりました。もうこれ以上、好きにさせるわけにはいかない。そう思ったのでしょうねえ。達也さんを殺す以外、白河家を守る道はないと考えた。ことば巧みに達也さんを安心させ、家に呼び戻すと、書斎にかくまうふりをして、毒物を入れたマグボトルのコーヒーを飲むよう促し、朝を待ったんです」

貴代は顔色も変えずに笑い飛ばした。

「杉下さん、あなたは二十四年前と少しも変わらないのね。妄想がお好きなようで」

「いいえ、妄想などではありませんよ」右京が左手の人差し指を立てた。「それともひとつあのときと同じことが。達也さんのマグボトルに入っていた毒物は、あなたの夫が飲んだものと同じトリカブトでした。二代にわたり、白河家の名に泥を塗った婿たちに毒を盛ることができたのは誰か。ええ、それができるのはあなたしかいないんですよ」

貴代は父親の肖像画の前へ移動し、愛おしむように眺めた。

「白河十蔵のひとり娘として生まれたわたくしが、幼い頃から言われ続けたこと、おわかりになる？」

「なんでしょう？」亘が訊いた。

「お前の使命は男子を産んで、白河の家を継がせることだ。けれどもわたくしには瑞江しか産めませんでした」

貴代のことばに悔いの響きが混じっていることに、亘は気づいた。

「でも、それはあなたのせいではないはずです」

「普通の家なら、それでいいでしょう。でも、この白河家には日本の行く末を担うという崇高な使命があるんです」

「使命ですか……」

「それなのに、主人に収賄疑惑がかかった。その疑惑というのも対立派閥からのリークでしたけれどね」

貴代の回想に、右京が割り込んだ。

「その疑惑を振り払うために、あなたは先代に自死を迫ったのでしょうか？　あるいはあなた自身が毒を盛った」

「あら、それは違うって言ったら信じてくださる？　おかげで疑惑は立ち消えて、そのあと瑞江は大樹を授かりました。でも達也さんが役に立ったのはそこまで。欲に駆られて白河家に泥を塗るような男を婿に取ったのはこのわたくしですから、責任を取って後始末をしなければなりません」

「後始末って」亘が敏感に反応し、声を荒らげた。「そんなふざけた理由で人を殺すんですか？」

「お黙りなさい！」貴代が一喝《いっかつ》した。「多くの支持者を持ち、国民に寄与し、世の中を正しく導くという崇高な使命を持つ、政治家一族として生きるためには当然の犠牲ですよ」

「先代も達也さんも、自らの死を以《もっ》てその過ちを償い、禊《みそぎ》をしたのだと？」

右京の告発を、もはや貴代は否定しなかった。

「すべては白河家を守るためです」

「あなたが奪ったのは、瑞江さん、そして大樹くんの父親の命です」

亘が訴えかけても、貴代には通じなかった。

「しょせんは赤の他人ですよ。他人に家を汚されるくらいなら、夫だろうと、孫の父親だろうと、容赦はしませんよ。これがわたくしの宿命です。逃げも隠れもしません」

「あなたは間違っています」

右京のことばも貴代には届かないようだった。

「わたくしたちがいるのは天上。残念ながら、あなた方とは見えてる景色が違うんです」

「それこそが呪縛ですよ！　たとえあなたにとって、政治家一族であろうとすることがどんなに大事でも、人の命より価値のあるものなどありませんよ！」

そこまで言われても、貴代には右京の言う「呪縛」の意味がわからなかった。

「さあ、参りましょう」

凛と背筋を伸ばし自らの足で出頭しようとする貴代の背中に、瑞江が呼びかけた。

「お母さま……」

瑞江の横には大樹がいて、不安そうな顔で祖母を見つめていた。貴代はあとを託すように、瑞江にゆっくりとうなずいた。

第五話

「三文芝居」

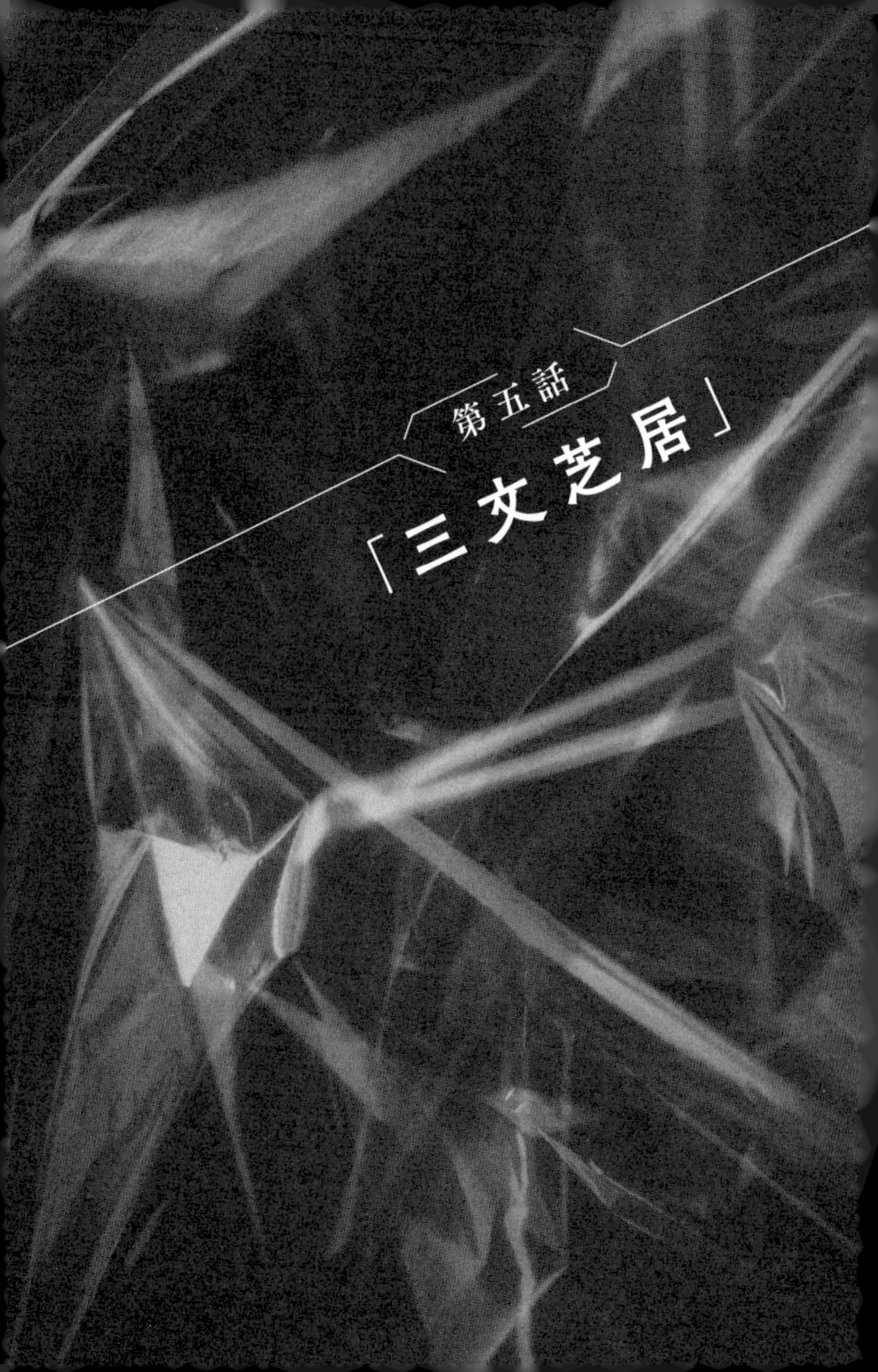

一

雨の夜だった。警ら中だった石川《いしかわ》巡査は、マンションの近くに駐車している車を見つけ、近づいた。運転席には四十代後半と思《おぼ》しき男がいて、前方のマンションを見つめていた。

石川は車の窓ガラスを叩き、注意を促した。男が窓ガラスを下ろした。

「こんな時間になにしてんの？」

石川の質問に、男は頭をぺこぺこ下げながら答えた。

「いま、女の子が仕事中で」

「ああ、出張風俗か。免許証、あと店の名刺ある？」

「はい。じゃあ、これ」

免許証によると男の名前は「松野《まつの》優太《ゆうた》」、ピンク色の名刺には〈スイートパイパイ〉という店名が記されていた。

「女に仕事させて車の中でボーッと待ってるなんて、結構な商売だね」

「そちらは大変な商売ですねえ。真夜中に雨に濡《ぬ》れて」

「終わったらさっさと帰れよ」

「はい。ああ、おまわりさん、風邪ひかんように」

松野という男は関西弁で言った。

石川が立ち去ってしばらくすると、雨脚が強くなってきた。篠突《しのつ》く雨の中、マンションの前に一台のタクシーが停まった。千鳥足の男がタクシーから降り立つのを、松野はじっと見ていた。


翌朝、雨上がりのマンションのエントランス前にひとりの男が仰向けに横たわって死んでいた。

捜査一課の伊丹憲一が後輩の芹沢慶二、新米の出雲麗音とともに臨場したときには、すでに鑑識課の益子桑栄が遺体をひととおり検分していた。

「死因は脳挫傷。この角に後頭部をぶつけたようだ」植え込みを囲むブロックを指差した益子の目が、石川巡査になにかを訴えている男の姿をとらえた。男は松野だった。

「一一〇番通報してきた男が、ホトケさんと別の男が揉《も》み合ってるのを見たらしい」

そちらに目をやった芹沢が、麗音に命じた。

「なにぼさっとしてんだよ。さっさと目撃者連れてくる!」

麗音はムッとしながらも感情を殺して「はい」と答え、松野のほうへ歩いていった。

益子が芹沢に遺留品の財布を、伊丹には首から提《さ》げるカード状の入構証を渡した。

「はい、これがガイシャの入構証。〈日栄電産《にちえい》〉の社員のようだな」

「最大手の電子部品メーカーだな。西島亨《にしじまとおる》か」

伊丹が入講証の写真と遺体を見比べながら名前をつぶやくと、芹沢は財布を検《あらた》めた。

「財布の中、福沢諭吉《ふくざわゆきち》さんが二十人は入ってますよ。稼いでたんですね、このガイシャ」

「金には手をつけてないようだな」

伊丹のことばにうなずきながら、益子が疑問点を挙げた。

「しかし、かばんが見当たらないんだよ」

そこへふらっと特命係の杉下右京と冠城亘が現れた。

「かばんですか」

右京のことばを聞いて振り返った伊丹がげんなりした表情になる。

「朝から嫌な顔見た〜」

「財布には目もくれずに、かばんだけ奪い去った。中になにが入っていたんでしょうねえ」

伊丹の嫌みを無視して興味を示す上司に、亘が応じた。

「犯人にとって二十人の福沢さんよりたいせつななにか」

「気になりますねえ」

「こんな朝っぱらから特命係がそろってお出まし？」

疑惑の目を向ける芹沢に、亘が適当に答える。

「いや、たまたまふたりで近所を散歩してたら、たまたまサイレンが聞こえたもので」

「なにがたまたまただよ」

「よりによって散歩ですよ？」

伊丹と芹沢が呆れても、右京はマイペースだった。

「ご心配なく。お邪魔するつもりはありませんので」

「でしたら、とっととお引き取りいただいて、どうぞおふたりで散歩の続きを」

伊丹がふたりを追い返そうとしたところに、麗音が松野を連れてきた。

「こちら、目撃者の松野さんです。派遣型風俗のドライバーだそうです」

伊丹が特命係のふたりに背を向けて質問する。

「男ふたりが揉めてるところを見たんだって？」

「そうなんですわ。私はね、あの辺に停めた車の中から見てたんです。スーツの男がタクシーから降りてね……あれは酔うてたんやろうな。フラフラッとしながら玄関に向かおうとしたら、そこの陰から金髪の男がスーッ現れて」松野が身振り手振りを交えながら、ひとりふた役を演じる。「『コラ！　われ！　かばん渡さんかい！』『どあほ！　渡せるか！　あんた、やめろ！』言うてたらね、金髪の男がスーツ男をドーン蹴って。で、スーツ男がパタン、ピタリってもう動かんようになって。そしたら金髪の男がかばんを持ってダーーーッ、一目散に走って逃げよった」

「関西弁だったのか？」

伊丹の質問は松野の虚をついた。

「は？」

「だから『コラ！　かばん渡さんかい！』とか『どあほ！　渡せるか、オラ！』とか」

「すいません、そこはわしのアドリブで」

「そういうのいらないから。ややこしい」

伊丹にたしなめられて、松野は頭を掻《か》いた。

「つい興奮してしもうて……」

「で、逃げた男は？　金髪以外になんか特徴は？」

芹沢がメモ帳を片手に訊《き》くと、松野は遠くを眺める目になった。

「うーん……派手な柄シャツにガリマッチョ、三十そこそこやな、あれは。あっ、あと首筋にタトゥーがありました。ドクロの」

「ドクロのタトゥー？」

芹沢がメモしていると、右京が割り込んだ。

「ところで、エスコートした女性はどちらに？」

「ああ、そばの駅まで送って、タクシー拾わせました。自分だけ戻ってきたんですわ。警察に話さならん思うて。いやこれ、善良な市民としての義務やしね」

「それはそれは、ご協力感謝します。で、お客さんは何号室の方でしょう」

「刑事さん。お客さんのプライバシーまでは明かせませんがな。私らにも守秘義務っちゅうもんがありますやん」

「なるほど」

「警部殿」

伊丹が咳払《せきばら》いをすると、右京が亘に言った。

「ああ、これは失敬。では我々は散歩に戻りましょうか」

「ええ、そうしましょう」

そのとき、松野が急に大声をあげた。

「あっ！　思い出しました。殺された男のほうが叫んでたんですわ。たしか、『鈴木《すずき》さん勘弁してくれ』って」

「鈴木？　間違いないんだな？」

伊丹が確認する。

「せや、鈴木や！　これってお手柄ちゃいます？」

右京と亘は特命係の小部屋に戻ると、ホワイトボードに人物相関図を描きながら、事件を検討した。

「被害者は〈日栄電産〉の社員じゃないんですか？」

亘の疑問に答えたのは、この部屋に入り浸っている事情通の組織犯罪対策五課長、角田六郎だった。

「派遣会社のシステムエンジニアだ。新規システムを開発するために、ひと月前に派遣されてきたばかりだったらしい」

その説明で、亘の腑《ふ》に落ちることがあった。

「だから社員証じゃなくて、入構証」

角田は右京の前に立った。

「お前さんが気にしてたかばんの中身だけどね、被害者の部屋を捜索してもパソコンが見当たらなかったらしいんだ。ってことは……」

右京が話の先を読む。

「ノートパソコンを持ち歩いていた」

「犯人の狙いは、その中の情報？」

亘の見立てに、角田はうなずいた。

「うん。〈日栄電産〉といえば世界有数の電子部品メーカーだ。産業スパイの仕業《しわざ》じゃねえかって、一課は踏んでいる」

「じゃあ、金髪の男は金で雇われたその筋の男？」

「だろうな」角田が同意した。

「だとすれば、財布の金に手を出さなかったのもうなずけますね」

「うん。うちにも、鈴木って野郎知らねえかって照会がきた。まあ、心当たりを挙げたけど、鈴木ってやたら多い名字だからな」

角田がぼやいた。


右京と亘はさっそく〈日栄電産〉の本社ビルを訪れた。ロビーでふたりに対応したのはまだ二十代前半の美しい女性だった。首から提げたＩＤカードには「総務部　山田《やまだ》みなみ」とある。

みなみは戸惑った顔で言った。

「あの、警視庁の方ですか？」

「ええ」亘が警察手帳を呈示した。

「いま、別の方たちがいらっしゃってるんですが……」

〈日栄電産〉の会議室では、伊丹たち捜査一課の三人が、総務課長の村田《むらた》とシステム開発担当の大山《おおやま》から話を聞いていた。

「西島さんがこちらの機密データを自分のパソコンに取り込んで持ち出したとは考えられませんかね」

伊丹の質問に、大山が答えた。

「外部には絶対に持ち出せません。派遣会社からきて間もないエンジニアが機密データにアクセスすることも不可能なんです」

村田が補足する。

「我が社のセキュリティ対策は万全です。そもそも西島という人間は我が社の社員でもないですし」

「ただの派遣が殺されても、知ったこっちゃないと」

伊丹が皮肉をぶつけると、村田はムスッとした。

「そういうつもりじゃ……」

「では、鈴木という名前、西島さんから聞いた覚えはありませんか？　金髪で首筋にドクロのタトゥーがある男らしいんですが」

芹沢の質問に、村田と大山が顔を見合わせた。伊丹が身を乗り出す。

「ご存じなんですか？」

「一週間ほど前……」

大山によると、本社ビルの前で、金髪で首にドクロのタトゥーのある男が帰宅する西島にからんでいたという。その男は平謝りする西島をあざ笑うかのごとく、聞こえよがしに大声でこう叫んだ。

——借りた金は返してもらわないとな。なんなら俺からお偉いさんに頼んでやろうか！

それで社内でちょっとした噂になったのだった。


聞き込みを終えた伊丹たちが会議室から出てくると、右京と亘が待ち構えていた。

「盗み聞きしてたんですか？」

芹沢の嫌みに、亘が応じる。

「人聞きの悪い。そちらの話が終わるのを待ってただけです」

伊丹が舌打ちした。

「相手してる暇はねえ。行くぞ」

伊丹と芹沢はさっさと立ち去っていったが、麗音は立ち止まり、右京と亘のほうへ駆け寄った。

「お疲れさまです」

それを見咎《みとが》めた芹沢が戻ってきて、麗音の腕を取った。

「出雲！　なにやってんだお前。さっさと来い」

みなみが特命係のふたりを村田と大山に紹介する。

「あの、こちらも警視庁の方で……」

村田があからさまにうんざりした顔になる。

「先ほどの刑事さんにすべてお話ししたんですがね」

「ええ」右京は会釈した。「だいたいの話は外で聞きました。あとは西島さんが働いていた職場を拝見できれば」

「じゃあ、山田くん、案内してあげて」

村田がみなみに命じた。

「わかりました。どうぞ」

みなみは右京と亘をシステム開発室に案内した。部屋では大勢のエンジニアが各々のパソコンに向かい、黙々と仕事をしていた。多くのエンジニアはヘッドホンを着け、外からの音をシャットアウトしていた。

「警視庁の方です」

みなみがフロアの入り口で声をかけても、ほとんど反応がなかった。みなみはふたりを空いたデスクの前まで連れてきた。

「ここが西島さんのデスクです」

デスクの上にパソコンしかないのを見て、亘が訊いた。

「私物などは？」

「この部屋には持ち込めないので」

「どなたか西島さんと親しかった方は？」

「先ほど確認したんですが……」

みなみの答えを受け、亘が声を張った。

「西島さんが闇金から金を借りてたことを、ご存じの方はいらっしゃいませんか？」

一瞬手を止めるエンジニアもいたが、答える者は誰もいなかった。

「いい仕事場ですね」

亘が笑ったとき、静かなフロアに人の声がした。

「レナさん」

みなみも右京もそちらを見たが、ひとりのエンジニアが女性のエンジニアに話しかけただけで、ふたりはそのまま打ち合わせをはじめた。

「お役に立てなくて申し訳ありません」

頭を下げるみなみを、右京が労《ねぎら》った。

「こちらこそ、お時間取らせてすみませんでした」

〈日栄電産〉の本社ビルを出たところで、亘が右京に言った。

「みんな、面倒に巻き込まれたくないって顔してましたね」

「あの人たちもおそらく非正規の方たちでしょう」

「余計なことに首を突っ込んで、上から睨《にら》まれたくない」

右京がエンジニアたちの心の内を汲《く》む。

「いつ切られるかわからない立場ですからねえ」

「それにしても、闇金から金を借りてる人間の財布にどうして二十万もの現金が？」

「気になりますねえ」

「それともうひとつ、気になることが」

「なんでしょう？」

「あの目撃証言です」亘が松野の話を振り返る。「被害者の声が聞こえたっていう」

「おや、珍しく気が合いますねえ」

右京が相棒に微笑《ほほえ》みかけた。

二

翌朝、右京と亘は事件現場のマンションを再訪した。ふたりの横には石川巡査の姿もあった。

「車が停まっていたのは、この場所です」

石川が示したところから、マンションのエントランスまでは十メートルほど離れていた。

「犯行時刻には、雨が降っていたんでしたね」

右京の問いに、石川がうなずく。

「ええ、結構激しく降ってました」

「妙ですねえ、いくら怒鳴り声だとしても、雨の中、この距離で声が聞き取れるものでしょうか?」

「しかも車の中から」亘が付け加えた。

「……あの」石川がおずおずと申し出る。

「なにか?」

右京に促され、石川が言った。

「あの車、レンタカーだったんです。店の車は車検に出してるとかで」

「ますます妙ですね」亘が疑念を深めた。

特命係のふたりは派手な看板の並ぶ繁華街を歩き、目当ての雑居ビルを見つけた。デリヘル〈スイートパイパイ〉はそのビルの八階に入っていた。

まだ二十代らしき店長は、警察が来たと知るなり言った。

「うちはちゃんと営業許可もらってますよ」

「ええ、存じています」右京がうなずく。「今日はドライバーの松野さんにお話をうかがいたくて参りました」

「おっちゃん、なんかやったんすか？」

「いえいえ。ある事件を目撃されたので、証言の確認に」

「いま、女の子を迎えに。まあ、すぐ戻ってくると思いますけど」

そのとき店に電話がかかってきた。店長が電話を取り、声のトーンを上げた。

「お電話ありがとうございます。〈スイートパイパイ〉です。はい。はい、可能ですよ」

亘は店の奥のカーテンの隙間から、ばっちりメイクを決めた茶髪の若い女性が興味深そうに顔をのぞかせているのに気づいて、ウインクした。すると娘は「きもっ」とカーテンの向こうに引っ込んでしまった。

自尊心を傷つけられた亘は、カーテンを開けて踏み込んだ。そこは控室で、四、五人の娘たちが思い思いにスマホをいじったり、ネイルの手入れをしたりしていた。

「ちょっとすみません。みんな、松野さんってドライバー、知ってます？」

先ほどの茶髪の娘が渋々口を開く。

「そりゃあ、知ってるけど……」

「どんな人？」

「どんな人ってまあ……面白い人？　話盛りすぎだけど」

隣にいた黒髪で胸の大きな娘が言った。

「舞台俳優とか、信じらんないよね」

「ちょっと待って。舞台俳優なの？」

亘の質問に茶髪の娘が答える。

「あんなの、嘘に決まってんじゃん。おっちゃん、適当なことしか言わないんだから」

すかさず黒髪の娘が付け加える。

「しかも絶対スケベ。胸ばっか見るし」

「ミキちゃん、狙われてんじゃん？」

「違うって。レイナちゃんだよ。おっちゃんのお気に」

「レイナちゃんって、土日メインで来てた子？　やめたんだっけ？」

茶髪の娘が訊くと、ミキと呼ばれた黒髪の娘が投げやりな口調で答えた。

「出入り激しいからね、うち」

そこへ電話を終えた店長が顔をのぞかせた。

「ミキさん、お願いしまーす！」

「はーい」

ミキがやれやれといった顔で立ち上がった。右京が店長に質問をぶつけた。

「ところで、一昨日《おととい》の午前三時から四時頃、松野さんが送った女性というのは？」

「えっ？　おっちゃん、その日風邪ひいて休んでましたよ」

「休んでた？」亘が訊き返す。

「まあ、今朝はピンピンしてたから、どうせ仮病でしょうけど」

「そうでしたか。すみません。僕の勘違いでした」

右京が言ったとき、松野が髪をシルバーに染めた娘とともに入ってきた。

「はい、サーヤさん、カムバック！　お疲れさまでした……」

店内に右京と亘がいるのに気づいた松野は、ぺこりと頭を下げた。


その頃、伊丹たちは繁華街の裏路地で張り込みをしていた。

すると雑居ビルから首にドクロのタトゥーのある金髪の男が出てきた。男が路上で立ち止まり、タバコに火をつけたところで、伊丹と芹沢はそっと近づいた。

「鈴木真治《しんじ》だな？」

伊丹が名前を呼ぶと、男はそばにあったゴミバケツを刑事たちに向かって投げつけ、その隙に脱兎《だっと》のごとく逃げ出した。

走る鈴木の前に麗音が両手を広げて立ち塞《ふさ》がった。鈴木は麗音にタバコを投げつけ、強行突破しようとした。しかし、麗音は機敏な身のこなしで鈴木の腕を取ると、背中に捩《ね》じ上げた。

伊丹と芹沢が駆けつけたときには、麗音は鈴木を地面に押さえつけていた。

「二時四十六分、公務執行妨害で逮捕する」

高々とコールする麗音を、芹沢はびっくりしたように見つめて言った。

「おお、よしよしよし！」


右京と亘は、松野優太を店外へ連れ出し、近くの公園で話を聞くことにした。

「事件が起きた時間、雨が降っていました。その状況で車の中にいたあなたに被害者の声が聞こえたっていうのは、ちょっと考えにくいんですがね」

亘が疑問を呈すると、松野は強弁した。

「そらあんた、叫んでましたからね。『もう鈴木さん、勘弁してくれ！』って。聞こえますがな、はっきりと」

「あなた、警ら中の巡査に仕事中だと言ったそうですが、実際は休んでいた」

「あちゃー、バレました？　店長もおしゃべりやなあ」

「レンタカーを借りて、真夜中にわざわざあの場所に行き、車を停めていた。さあ、なぜでしょう？」

亘が矢継ぎ早に攻め立てる。

「言いにくいなあ……。言わなあきまへんか？」

「あきまへんねえ」

「いや実はね、前に仕事であの辺に行ったことがあってね。そのときにね、えらい別嬪《べっぴん》さんに通りかかられてね。もう一度お顔を拝みたいもんやと思いながら、フラフラ～ッと」

「フラフラ～ッと？」

「ええ。信じられません」

「信じられまへんか？」亘がきっぱり言った。「店の娘たちはあなたのこと、スケべとも言ってましたが、嘘つきとも言ってました」

「かなわんなあ。そんなこと言うてました？　まあ、話面白おかしゅうするために多少脚色はしますけど、嘘つきやなんて心外やな。キャストは大変な仕事やから、気紛らわせてやるためですやん」

「キャスト？」

ずっと黙っていた右京が聞き咎めた。

「女の子のことをそう呼びますねん。あの娘らもそれぞれ、しんどい事情を抱えてるんですわ。それを肚《はら》の底に隠して、仮面を被《かぶ》って、束の間、客に夢を見させてやる。せやからキャスト。まさに『この世は舞台、人はみな役者』や」

松野の口から飛び出した台詞《せりふ》に、右京が反応した。

「おや、シェイクスピアですね」

「あら、ご存じですか？」

「『お気に召すまま』第二幕第七場の有名な台詞です」

「正解！」

「続きはたしか、『人はみな舞台に登場しては退場して行く。そのときどき、さまざまな役を演じるために』」

右京がそらんじると、松野は感心した。

「すごいやん、刑事さん」

「たしかに、人は誰かに与えられた役を演じているだけなのかもしれませんねえ。舞台俳優という話はどうやら本当のようですね」

「当たり前ですがな。もうシェイクスピアやったら何作もやりましたわ」松野はそう言うと、いきなり演じはじめた。「『なんということだ！　この血にまみれた手は！　これが私の運命なのか？　ああ……神よ！　もうあと戻りはできぬというのか⁉　このままこの道を突き進むしかないのか！』」

右京が拍手で松野の熱演に応えた。

「お見事！　スポットライトを浴びて演じるのは、さぞかし気持ちがいいものでしょうねえ」

「そらもう最高ですわ。一度あの味を占めたら、やめられるもんちゃいますけれども……」

右京が松野のことば尻をとらえた。

「おやめになったんですか？」

「芽は出んし食えんしね。きれいさっぱり、諦めました」

ふたりの芝居談議に亘が焦《じ》れた。

「あの、芝居の話はそれぐらいにして、そろそろ本題に」

「どうぞ」

右京がバトンを渡したとき、タイミング悪く、亘のスマホが振動した。角田が電話をかけてきたのだった。

「ちょっとすみません」

――俺だ。さっき、伊丹たちがタトゥー野郎をパクったぞ。鈴木真治。半グレ上がりで、ヤミ金やら裏カジノやら手広くやってる男だ。

電話を切った亘が、右京に耳打ちした。

「鈴木を逮捕したそうです」

「はあ、今日もくっそ暑いなあ」

松野は天を仰いだ。


鈴木は取調室で、伊丹と芹沢から取り調べを受けていた。

「西島亨を知ってるな？」

伊丹が訊くと、鈴木は「はあ？　誰だよそれ」ととぼけた。

「しらばっくれるな。お前の客だろうが」

伊丹が西島の写真を机の上に置いた。

「……ああ、あのカモ。こいつがどうかしたのかよ？」

「殺されたよ。知ってんだろ？」

「マジかよ！　なんで？」

「こっちが訊きたいんだよ。一昨日の午前四時、どこにいた？」

「仲間と飲んでたよ。はあ？　まさか俺がやったと？　バカじゃやねえ？」

「じゃあ、なんで逃げた？」

鈴木が言い訳する。

「商売のことだと思ったんだよ」

「お前、一週間前、わざわざ会社まで追い込みかけに行ったな？」

芹沢が迫っても、鈴木は同じ調子だった。

「あの金なら、返しに来たよ。利息そろえて全額な」

「いくら？」

「七十五万。カモのおかげでこっちは飯食ってんだよ。なんの得にもならねえ殺しなんか、するわけねえだろうが！」

「おい、適当なこと、言ってんじゃねえぞ！」

「本当だっつってんだろうがよ！」

特命係のふたりは隣の部屋から取り調べのようすを眺めていた。


その夜、右京と亘はなじみの家庭料理〈こてまり〉のいつものカウンター席にいた。

「こんな時代ですからね、奨学金返すためとか家族を養うためとか、重い荷物を背負って風俗に流れる子、結構多いんですよ。男にはわからないでしょうね。人前じゃ楽しそうに振る舞って、裏じゃ必死にもがいている女の気持ち。はいどうぞ」

女将《おかみ》の小手鞠こと小出茉梨はそう言いながら、右京の前に煮物の器を置いた。

「人はみな役者、か」

亘の独白に「なんですか、それ？」と応じながら、亘にも器を差し出す。

「あっ、いいえ」

「杉下さん、もう一本おつけしますか?」

「お願いします」

小手鞠が右京の燗酒《かんざけ》を準備しに奥に下がったところで、亘が右京に話しかけた。

「鈴木は嘘をついてるようには見えませんでしたね」

「ええ。アリバイもすぐに明らかになるでしょう」

「となると、松野の目撃証言はまったくのでたらめ……」

「しかし、どうして鈴木真治の存在を知っていたんでしょうねえ。西島さんと鈴木の関係を知らなければ、いくらでたらめだとしてもあの証言は出てきませんよ。それに闇金から逃げ回っていた西島さんが、七十五万ものお金をどうやって用意したんでしょう?」

右京が疑問を呈すると、亘も応じた。

「しかも、財布の中に二十万残されていた」

三

翌朝、右京が出庁し特命係の小部屋に入ると、すでに亘が来ていた。

「今日は早いですね」

「松野のことが気になりましてね」

亘は真剣な顔でパソコンを見つめていた。

「なにかわかりましたか?」

「案の定です。詐欺の前科がありました」

パソコンにはネットニュースの記事が表示されていた。亘はそれを示しながら、「三年前に大阪で起きた〈有浜《ありはま》不動産〉相手の巨額詐欺事件」と言った。

右京もその事件を覚えていた。

「当時、かなり騒がれました」

「松野は地面師《じめんし》グループに雇われ、なりすまし役として地主の息子を演じています。主犯格から芝居経験とナチュラルな関西弁を見込まれてスカウトされたようです」

「たしかにうってつけですねえ」

「犯人グループは三十億以上騙《だま》し取りましたが、松野の報酬は二百万。懲役二年六カ月、半年前に出所しています。あの男、筋金入りの大嘘つきですよ」

その筋金入りの大嘘つきは、〈スイートパイパイ〉の控室で女の子たちを前に、適当なことをしゃべっていた。

「まわりから、ぼん、言われて贅沢三昧《ぜいたくざんまい》で育ったんよ」

「おっちゃん、この間、貧乏育ちって言ってたじゃん」

ミキに突っ込まれ、松野は「えっ? そんなん言うてた? おかしいなあ」ととぼけた。

そこへ右京と亘がやってきた。

「刑事さん、昨日はどうも」

「お忙しいところ申し訳ありませんが、もう少し詳しい話をうかがいたいと思いましてね」

右京が折り目正しく伝えたとき、伊丹たち捜査一課の三人が現れた。

「それはこっちの仕事ですよ、警部殿」伊丹が特命係のふたりを押しのけ、松野に言った。「松野優太、詐欺の前科があったとはな。西島の会社まで会いにいったこと、なぜ黙ってた?」

「西島の会社に?」

亘が反応すると、麗音が明かした。

「防犯カメラに映ってたんです」

すかさず芹沢が新米に注意する。

「特命係に余計なこと、教えなくていいから」

「とにかく署のほうで詳しい話、聞かせてもらおうか」

伊丹は松野に任意同行を求めた。

松野は警視庁の取調室で、伊丹と芹沢から取り調べを受けた。机の上には〈日栄電産〉のエントランス前の防犯カメラの映像をプリントアウトした写真が置かれていた。写真には松野らしい人物が写っていた。西島に土下座をしているようだった。

「暑いな……。この部屋、もうちょい冷房効きまへんか？」

机の上の写真を取って扇ぎはじめる松野に、芹沢が警告した。

「自分の立場、わかってんの？　あんた、もう目撃者じゃないの。容疑者なの！」

「なんのために西島に会いにいった？」

伊丹が強面《こわもて》で迫っても、松野は認めなかった。

「せやから、わしやないって言うてますがな」

伊丹が松野から写真を取り返す。

「ここにお前が写ってんだろうが！」

「やっぱわしやない。刑事さん、この世にはね、自分にそっくりな人間が三人はおる言いますやろ。あれ、ほんまらしいでっせ」

適当なことを言って言い逃れようとする松野を、伊丹が怒鳴りつけた。

「舐めやがって。ふざけるな！」

「そんな大きな声出さいでも……」

右京と亘は特命係の小部屋でその防犯カメラの映像を確認していた。映像には西島が映っており、そこへ松野がやってきて、なにやら話しかけ、しまいに土下座するようすがとらえられていた。

「松野は必死になにかを頼んでるように見えますすね」

亘の見立てを、右京も認めた。

「人前で土下座とは、ただごとではありませんねえ」

右京が映像を巻き戻す。松野が西島の前に姿を現す直前、西島の前には鈴木がいた。西島は鈴木に脅迫されているらしく、かばんの中身を地面にぶちまけられていた。

右京がその場面を見て、左手の人差し指を立てた。

「ひとつはっきりしたことは、松野さんはこの時点で、鈴木という男の存在を認識できたということです」

「金髪、ドクロのタトゥー、鈴木という名字もおそらくこのときに知った。だから松野は鈴木に罪を着せることを思いついた。あとは松野と西島の間になにがあったかですね」

亘が右京に言ったとき、ふたりの背後にいたサイバーセキュリティ対策本部の青木年男が立ち上がった。

「おい」

「えっ？」亘が振り返る。

「さっきから僕のことを無視して、ふたりだけでこちょこちょと。感謝のことばはないのか、冠城亘。一課の目を盗んで、その映像を届けてやったんだぞ。サイバーセキュリティのエキスパートのこの僕に、コソ泥みたいなまねまでさせておきながら、ありがとうのひと言も……」

右京がすかさず礼のことばを口にした。

「青木くん、いつも君の優秀な頭脳に助けてもらって、僕は心から感謝しているんですよ」

「僕も……感謝してる」亘も上司に倣った。

「その言い方は気にくわないが、今日のところは杉下さんに免じて勘弁してやろう」

「で、もうひとつお願いした松野さんの通話履歴のほうは？」

右京が左手の人差し指を立てると、青木はスーツの内ポケットから一枚の紙を取り出した。

「最近の通話相手は、ほとんどが〈スイートパイパイ〉の店長ですが、三カ月ほど前からしょっちゅう電話している人間がいました」

右京がその電話番号に着目した。

「ああ、たしかに、この番号が頻繁に出てきますねえ」

青木が電話番号の主の情報を提供する。

「庄司光則《しょうじみつのり》という男です」

「何者なんですかね？」

亘のことばに、青木が敏感に反応した。

「僕を見くびるな、冠城亘。当然調べは済んでいる。庄司は〈やぐら座〉という小さな劇団の演出家。元は松野優太が主宰していた劇団です」

右京と亘が〈やぐら座〉が公演する小劇場を訪ねたとき、舞台では新しい芝居の稽古《けいこ》がおこなわれていた。ふたりは客席で庄司から話を聞いた。

「松野ほど役者バカってことばが似合う奴はいません。こと芝居に関してはいっさい妥協しなかった。だから芝居打ったびに借金が膨らんで、だんだん首が回らなくなって……」

亘が話の先を読んだ。

「詐欺グループの誘いに乗った」

庄司が続けた。

「〈有浜不動産〉って地上げまがいのあくどい商売をしているって噂があったでしょ。それも松野を駆り立てたんでしょうね。あいつ、子供じみた正義感があるから。自分の芝居で、あくどい商売してる奴らにひと泡吹かせてやるつもりだったんでしょう。根っからの役者ですからねえ。地主の息子という役を嬉々として演じたに違いありません。あいつ、出所したらここに戻ってきて、もう一度役者として一からやり直すって張り切ってたんですよ」

「でも、そうはならなかった。どうしてでしょう？」

　右京の質問を受け、庄司が答えた。

「三カ月ほど前だったかな。〈有浜不動産〉の担当者が自殺していたことを知ったらしいんです。あいつが直接だました担当者です。よっぽどショック受けたみたいで、突然役者やめるって言い出して。この芝居も、本当なら松野が主演する予定だったんです」

　特命係のふたりは警視庁の小部屋に戻って、〈有浜不動産〉の社員が自殺した事件を調べた。その事件は週刊誌の記事になっていた。

　記事に目を通した亘が疑問を呈した。

「社内で非難の的となり、左遷され、事件の半年後、電車に飛び込んだ。一担当者が三十億の決済をすべて任されるわけありませんよね」

「ええ」右京が同意した。「責任を問うなら、当然、契約を進めた上層部。彼らの保身のためにスケープゴートにされたんでしょう」

「松野にとっちゃ、寝覚めの悪い話ですね。役者をやめるのも無理はないですね」

松野の取り調べは行き詰まっていた。のらりくらりと追及をかわす松野に伊丹たちも手を焼いていたのだ。松野が腕時計に目を落とした。

「刑事さん、これ、任意の取り調べですわね。そろそろ帰らせてもらわんと。仕事行かなあかんから」

「どうします？」

芹沢が困った顔で伊丹に耳打ちしたとき、取調室のドアが開いて右京と亘が入ってきた。

「警部殿」

難色を示す伊丹に、「一分だけ」と断り、右京は松野の前に座った。

「どないしましたん？　ちょうど帰ろか思うてたとこですわ」

軽口を叩く松野に、右京が言った。

「庄司さんにお会いしてきました。あなたは本当にお芝居がお好きだったようですねえ」

右京のひと言で松野の顔色が変わった。

「かなわんなあ、ただの昔の連れですがな。そんな巻き込まんでもよろしいがな」

「庄司さんが話してくれました。あなたが加担した詐欺事件で、〈有浜不動産〉の担当者が自殺した。あなたはその事実をのちに知って、打ちのめされた。それが、あなたが役者をやめた本当の理由だったと。でも、あなたはいま、この瞬間もお芝居を続けていますね」

松野がまじめな顔になった。

「さすがシェイクスピアの台詞をそらで言えるお人や。全部お見通し。参りました。西島を殺したんはわしですわ」

突然の自白に、捜査一課の三人は目を丸くした。

右京と亘が隣の部屋からマジックミラー越しに見守るなか、改めて松野の取り調べがおこなわれた。

松野はまるで憑《つ》き物が落ちたかのように、淡々と語った。

「西島と知り合《お》うたんは、一カ月ぐらい前です。たまたま入った立ち飲み屋で隣り合わせになって、まあ、妙に意気投合して。システムエンジニアいうたら横文字で格好よう聞こえるけど、自分は派遣会社に登録してるだけの使い捨てや、言うてね。なんの保障もないわしらと大して変わらんのかと思たら、なんや妙に親近感が湧きまして。そんとき、ギャンブルにはまって借金があるって聞かされました。ヤクザに追い回されて、このままやと死ぬしかないって泣きつかれて……」

「貸してやったのか？」伊丹が訊いた。

「なけなしの金を全部」

「いくら？」

「百万。劇団の借金返すために出所してから必死で貯めた金ですわ。わし、昔から酒に呑まれる口でね、酔うてたから気が大きなってたんですわ。でもひと晩経ったら、えらいことしてもうたと真っ青になって、事情を話して金を返してくれって頼んだんですけど、あいつ、いま闇金に脅されてんの見たやろ言うて、聞いてくれへんかった。それであの晩、いますぐ金返せ言うたら、当分無理やて開き直りよって。カッとなって、つい手が出てしもうて。わし、頭が真っ白になって。とにかく金だけは取り戻さな思て、かばんを持って逃げたんです。興奮してると、頭が回りまへんなあ。あのときはかばんの中に金が入ってるもんやって思い込んでましたわ」

「で、西島のかばんはどうした？」

芹沢の質問にも、松野は素直に答えた。

「当たり前やけど、金なんか入ってへん。自分のあほさ加減に腹が立って、中に入ってたパソコン叩き壊して、一緒に川に捨てました」

翌朝、松野の供述どおり、川の中から壊れた西島のパソコンが発見された。捜査一課の面々はこれで一件落着と色めき立った。

四

特命係の小部屋では、亘がコーヒーを淹《い》れながら、右京に訊いていた。

「これで決まりということですかね……」

「幕はまだ下りていないと思いますがねえ」

右京が否定的な見解を述べたとき、青木が意気揚々と入ってきた。

「なんだよ？」

詰問口調の亘に、青木は証拠品袋に入ったハードディスクを掲げてみせた。

「松野が川に投げ捨てたＰＣのハードディスク。破壊と水没で鑑識が復元できないと匙《さじ》を投げて僕のところに」

「復元できたのか？」

「舐めるなよ、冠城亘。僕の辞書に不可能はない」青木が持参したパソコンで映像を再生した。「なんとかこいつだけ救い出せました」

映像はノイズだらけだったが、自宅らしき部屋にパンツ一枚の男が映っているのが確認できた。

「これ、西島？」

亘の疑問に、右京が「そのようですねえ」と答えた。

と、画面に裸体にバスタオルを巻きつけた女性が入ってきた。

「すいません、お支払いを」

女性に求められ、西島が財布を取り出した。映像はそこで途切れたが、どうやら西島が自宅にデリヘル嬢を呼んだところを盗撮した映像のようだった。

「冠城くん、この間の記事を」

右京から突然求められ、亘は戸惑った。

「は？」

「〈有浜不動産〉の担当者が自殺した事件の記事ですよ」

「はい」

亘がすぐに週刊誌の記事をパソコンに表示した。右京は記事を読み、自殺した担当者の名前が「山田俊彦《としひこ》」であることを確認した。

「なるほど。そういうことでしたか」

右京にはすでに事件の構図が見えていたが、亘はわかっていなかった。

「どういうことです？」

「行きましょう」

説明もなく部屋から飛び出していく上司のあとを、亘はただ追いかけるしかなかった。

右京が向かった先は〈スイートパイパイ〉だった。

右京の要求を聞いた店長が訊き返した。

「レイナちゃんの写真ですか？」

「ええ、レイナさん。松野さんのお気に入りだったと女の子たちが噂してましたよねえ」

「やめた日にホームページから削除したんですけど。たしかゴミ箱に……」店長がパソコンを操作し、ゴミ箱の中から目当ての写真を拾い出した。「ああ、これだ」

右京と亘がその写真をのぞき込む。手で口元を隠していたが、ふたりにはその女性が誰なのかすでにわかっていた。

その夜、警視庁の留置場では、松野が自分に言い聞かせるよう、繰り返しつぶやいていた。

「大丈夫や。お前はええ芝居してる。大丈夫や」

翌朝、〈日栄電産〉の本社ビルに出勤する山田みなみの背後から、「レイナさん」と呼びかける者がいた。

みなみがおそるおそる振り返ったところへ、右京と亘が姿を現した。

右京が種明かしをする。

「この間、エンジニアの方が別の女性をレナさんと呼んだとき、あなた、ハッと振り返りましたね。あのときはただ声がしたほうを見ただけだと思ったんですが、あなたは週末の夜、レイナと名乗っていました。だからつい反応してしまった。そうですね、山田みなみさん」

亘から〈スイートパイパイ〉の「レイナ」の写真を突きつけられ、みなみは観念した表情になった。


麗音は右京から依頼され、松野を留置場から会議室に連れてきた。

「どうもありがとう」

礼を述べる右京に、「あのふたりには内緒でお願いしますよ」と言い残し、麗音は会議室を出ていった。

松野が戸惑いを露《あら》わにした。

「えっ、どないしましたん？　刑事さん。もうほんま、しゃべることとおまへんで」

しゃべることがあったのは右京のほうだった。

「山田みなみさんから話を聞きました。三カ月前あなたは〈有浜不動産〉の担当者、山田俊彦さんが自殺したことを知って、罪の意識に苛《さいな》まれた。遺族の行方が気になったんでしょう。娘のみなみさんの存在にたどり着くまで、ずいぶん調べ回ったことだろうと思います。最初は直接会って、謝罪するおつもりだったんでしょうねえ。でも、できなかった。みなみさんの裏の顔を知ったあなたは、いてもたってもいられなくなった」

松野の脳裏に、みなみを尾行して雑居ビルのエレベーターに乗ったときの記憶が蘇《よみがえ》った。みなみは八階の〈スイートパイパイ〉という店に入っていった。そこに勤めているデリヘル嬢だろうと想像できた。なんとか近づけないかと思ったとき、エレベーター内に「送迎ドライバー急募」の貼り紙を見つけた。申し込んでみたところ、店長は簡単に採用してくれたのだった。そして、みなみがこの店ではレイナと呼ばれていることを知った。

初めてレイナを送迎したときのこともよく覚えていた。バックミラー越しに見るレイナに緊張しながら、

「いま、車出しますさかい」

と言うと、レイナは興味深そうに、

「あれ、関西の人？」

と訊いた。

松野もレイナも同じ大阪出身とわかり、ふたりの距離は一気に縮まった。

「こっち来てからはもう大阪の人、身近におらへんかったから、地元のことば聞いたらすっごいホッとするわ」

喜ぶレイナに、松野は胸を張って答えたものだ。

「おっちゃんでよかったら、なんぼでも聞かせてあげるで。おっちゃん、口から先に生まれてきたんちゃうか言われるぐらい、おしゃべりやねん」と。

松野は黙って一点を見つめている。右京の話はまだ続いていた。

「みなみさんはあなたのことを信頼していたようですねえ。それでも西島とのことまでは話そうとしなかった。みなみさんからうかがいました……」

みなみは右京にこう告白した。

「西島の部屋に行ったのは、たぶん半年ぐらい前だと思います。正直、よく覚えていません。客の顔なんて全部一緒。だから、ひと月前に西島が派遣されてきたときも全然気づきませんでした。ただ、わたしの顔を見てニヤニヤと笑う、薄気味悪い男だとしか」

みなみがひとりでいるときを狙って、西島がアプローチしてきた。

「仕事終わったあと、ちょっと付き合ってもらえない？」

みなみは断ったが、「頼むよ。レイナちゃん」と言われて青くなった。西島はなんと、自宅にレイナを呼んだときの盗撮映像を持っていたのだ。そのうえで、こう迫ってきた。

「百万、用意してもらえるかな？　副業してるんだから、あるでしょ、金」

「ないわよ！　わたしもあなたと同じ派遣なの！」

みなみは断ったが、西島は盗撮映像を社内にばらまくと言って、脅迫してきたのだった。

右京が続けた。

「……みなみさんは誰にも打ち明けられずにいた。でもあなただけは、彼女の異変に気づいたんですね？　そして、彼女を尾行し、お金の受け渡し現場に行ったのではないですか。そこで盗撮映像があることを知った。あなたはなんとか、みなみさんを窮地から救ってあげようとした。土下座までしたのに拒否されたあなたは、もう一度頼み込もうと、いや、もしかしたら力ずくでと考えていたのかもしれません。あの夜、西島のマンションまで出かけて、決定的な場面を目撃した」

松野は再び思い出した。

マンションの近くで待っていると、西島がタクシーで帰ってきた。盗撮映像の入っているパソコンを力ずくで奪い取ろうと考え、車を降りて近づいていくと、いきなりみなみが西島の前に現れた。階段を数段上ったエントランスで、みなみはパソコンの入ったかばんを奪おうとして、西島と揉み合いになった。その際、勢い余って西島を突き落とした。西島は倒れ、ブロックに頭をぶつけてそのまま動かなくなった。松野は慌てて駆け寄った。

「レイナちゃん！」

一度にいろいろなことが起こり、みなみは混乱していた。

「おっちゃん、なんで？」

「話はあとや。ここから逃げんと！」

松野はみなみを車に乗せ、人気《ひとけ》のない場所まで連れていった。

「レイナちゃん、この先でタクシー拾ってひとりで帰れ。あとのことは心配せんでもええ。おっちゃんが身代わりになったる！」

目を丸くするみなみに、松野は嘘の理由をでっちあげた。

「わしな、あんたに惚れてんねん。格好つけさせてくれ。わしなんかこの先、生きようが死のうが似たようなもんや。でもあんたは違う。これからええことがぎょうさん待ってる！　あんたの人生の幕はこれから上がるんやで」

あれは自分でもいい台詞だったと松野は思った。とにかく、みなみを帰らせると、西島のかばんからパソコンを取り出し、それを叩き壊してから、かばんとともに川に投げ捨てたのだった。

「あなたはみなみさんを守るために、一世一代の大芝居を打つ決意をしたんですね」

右京が松野の心を読むと、亘も松野の思考をトレースした。

「目撃者は疑われる。怪しい人間ならなおさら。一度は否認して、しばらくしてから罪を認めれば、信憑性《しんぴょうせい》が増す。証言どおりに、奪ったかばんとパソコンが出てくれば、犯人が別にいるとは誰も思わない。あなたはそう考えた。大した役者だ」

「あの子の人生を狂わしたんはわしや。わしが殺したっちゅうことで、ええやないかい！」

松野は必死に訴えたが、右京が信念を曲げることはなかった。

「いいえ。あなたの罪は犯人隠避と証拠隠滅だけです」

「山田みなみはいまもあなたに感謝してる。あなたがあのときの詐欺グループの一員だとは言えなかった」

亘のことばに、松野は力が尽きたようにへたり込んだ。

「なんちゅう結末や……」松野の口から自然と台詞が漏れる。「消えろ、消えろ、束の間のともしび。人生は歩き回る影法師、哀れな役者だ」

「舞台の上で大袈裟に見得を切っても、出場が終われば消えてしまう……『マクベス』第五幕第五場」

右京のことばは松野の耳には届いていなかった。松野はそのとき、自分が舞台でマクベスを演じ、拍手喝采を受けたときのことを思い出していた。

第六話

「同日同刻」

一

荒川区の住宅地で、ブルーシートに包まれた身元不明の遺体が発見された。遺体は白骨化しており、死後およそ二年が経過していた。

この事件に関して、警視庁に捜査本部が設けられた。参事官の中園照生は捜査員たちに判明した事実を伝えた。

「遺体は二年前に足立区綾瀬《あやせ》本町で発生したアポ電強盗殺人事件の被疑者、野添恭一《のぞえきょういち》のものと判明した。二年前の事件では、ひとり暮らしの三井正子《みついまさこ》さんが殺害され、家にあった現金百五十万円が奪われている。野添の死因は鈍器で殴られたことによる脳挫傷。殺害後、空き家の床下に埋められたものと推測される」

「共犯者との仲間割れですかね？」

捜査一課の芹沢慶二が先輩の伊丹憲一に話しかけた。

「金の取り分で揉《も》めたってとこだろ」

「二年前、お前たちが野添らを捕まえていれば、こんな最悪の事態を招くことはなかった。警察の威信にかけて、早急に事件の全容を解明しろ！」

中園が捜査員一同に号令をかけた。

数日後、井原俊樹《いはらとしき》は自宅の玄関前で複数の記者からマイクを向けられていた。

「井原さん、二年経って被疑者が逮捕されたお気持ちは？」

井原は四十歳前後の年恰好で、どこか憔悴《しょうすい》したような印象があった。

「いまは正直ホッとしています」

「亡き奥さまには、なんと報告されましたか？」

「妻の写真に向かって……」


杉下右京と冠城亘が特命係の小部屋でこのニュースを見ているところへ、組織犯罪対策五課長の角田六郎がお気に入りのマグカップを持って、コーヒーの無心にやってきた。

「暇か？　って訊《き》くまでもねえな」角田はテレビ画面に釘《くぎ》づけのふたりを見てつぶやくと、自分もテレビに視線を転じた。「ああ、二年前の町田の事件か。駅裏の階段で、妊婦が突き落とされたっていう。目撃情報がなくて、事故か事件かも不明のままだったな」

「別件で事情聴取を受けてた男が、二年前の犯行を自供したそうですね」

亘が言ったとき、テレビに目つきの悪い被疑者の写真が映し出された。角田がテロップを読む。

「須藤龍男《すどうたつお》、三十二歳か」

右京はティーカップを口に運びながら、「彼の自供がなければ、お宮入りしていたかもしれませんねえ」と言った。

画面では井原俊樹が神妙な顔で語っていた。

「犯人が捕まっても、妻はもう帰ってきません」

「旦那さん、情報の提供を呼びかけてたんだよな。ああ、これでようやく奥さんも浮かばれるよ」

角田はそう言い残し、コーヒーメイカーからコーヒーを注《つ》いで、部屋を出ていった。

そのとき右京のスマホの着信音が鳴った。画面には「連城建彦《れんじょうたけひこ》」の名前が表示されていた。連城は記憶力に絶対の自信を持つ、優秀だが不遜なところのある弁護士だった。

「杉下です」

――お久しぶりです。連城です。お伝えしたい情報があります。

「わかりました。では、これからうかがいます」右京は電話を切ると、亘に「連城さんからでした」と伝えた。

「なんです?」

「ある事件のことで、我々に情報を提供したいと申し出ている人がいるそうです」

「ひょっとして、また彼女ですか?」

亘が言う彼女とは、平成の毒婦とも呼ばれる遠峰小夜子《とおみねさよこ》にほかならなかった。

「ええ。あの人です」

連城との待ち合わせ場所は東京拘置所だった。連城は特命係のふたりが来ると、感情を読み取りにくい顔で言った。

「お呼びたてして、どうも。お久しぶりです」

「情報提供って、なんの事件の？」

亘がさっそく本題に入ろうとする。

「さあ、それは本人から聞いてください。私はおふたりに連絡を取るよう頼まれただけですから」

小夜子に心を操られそうになった経験のある亘は、彼女を警戒していた。

「あなた、遠峰小夜子のなんなんです？　なぜ彼女に協力するんですか？」

「協力ではありませんよ。いわばモニタリングです。彼女は人の心を操る術に長けている。弁護士としては大いに学ぶべきところがありますからね」

「あなた自身が操られないよう、くれぐれもご用心を」

右京が忠告すると、連城はかすかに頬をほころばせた。

「ご心配なく。では、よろしく」

遠峰小夜子は人の心を巧みに操る術を使って黒真珠詐欺を働き、連続殺人を犯した未決囚として勾留されていた。右京と亘が面会室で待っていると、女性刑務官に付き添われて小夜子が入ってきた。

小夜子はアクリル板越しに特命係のふたりと向き合うように座った。

「よかった。来てくれて。これで、あの人を助けられます」

「助ける？　誰をですか？」右京が訊いた。

「新聞で見たんです。二年前、町田の駅裏の階段で、妊婦さんを突き落とした人が捕まったって」

「須藤龍男のこと？」亘が確認する。

「顔写真見ましたけど、あの人、やってませんよ」

「やっていない？」

訊き返す右京に、小夜子はうなずいた。

「ええ。事件があった九月九日、同じ時間帯にわたし、別の場所であの人を見ましたから。あの日は葛飾区のお客さんのお宅にうかがってたんです。飯垣《いいがき》さんっていう年配の男性。黒真珠養殖の投資話がトントン拍子に進んで、その日のうちに成約して、たしか午後二時過ぎでした。車を出そうとしたときに、急に男の子が飛び出してきたんです。

ヒヤッとしたので、よく覚えています。そのとき、男の子の腕をつかんで歩道に引き戻してくれたのが、須藤って人です。間違いありません。わたし、しっかり顔見ましたから」

小夜子は人並外れた相貌《そうぼう》認識力を持っており、一度見た顔はすべて覚えていた。

右京が疑問を呈した。

「妙ですねえ。町田市と葛飾区は東京の西と東ですよ。同じ日、同じ時間帯に、両方にいられるはずはありません」

「おかしいでしょ？　きっとなにか裏があるんですよ。たとえば……真犯人を庇《かば》っているとか」

「君が須藤を見たのは、別の日じゃない？」

亘が現実的な考え方を示したが、小夜子は首を振った。

「いいえ。わたし、あのあと、千葉のお客さんのところにも行ったんです。妊婦さんが転落死したニュースがカーラジオから流れてきたこと、よーく覚えてますから」

亘が身を乗り出した。

「で、狙いは？」

小夜子は愉快そうに笑った。

「狙いだなんて、別に。気が咎《とが》めるじゃないですか。無実だと知っていながら黙っているのは」

「階段の転落事故は珍しいことではありません。町田の事件も、発生当時は特段注目されていなかった。ラジオで聞いた小さなニュースを、なぜ覚えていたのですか？」

右京が疑問を口にすると、小夜子は顔色も変えずに答えた。

「運命って残酷だなって思ったから。幸せの絶頂にいるときに、こんな悲劇が起きるなんて」

「ああ、思い出しました。たしか、あなたのお母さまも階段から転落して亡くなられていましたね」

「ええ。わたしが十歳のときに」

「階段の事故が気にかかるのは、そのせいでは？」

右京がかまをかけたが、小夜子は否定した。

「関係ありません。母が死んだのは、もうずーっと昔のことですから」


特命係の小部屋に戻った右京と亘は「黒真珠養殖詐欺事件」の捜査ファイルを引っ張り出した。しばらくして、右京がファイルをめくる手を止めた。

「ああ、ありました。二年前の九月九日午後二時頃、遠峰さんは葛飾区亀明町《かめあけちょう》の飯垣文《ふみ》雄《お》さんを訪ねています」

亘もファイルをのぞき込んだ。

「飯垣文雄、六十歳か。彼女が殺人容疑に問われている、三人の被害者のひとりですね」

「ええ。大勢の詐欺被害者の中でも特別な人物であるならば、訪問した日のことを鮮明に覚えていても、不思議はありませんねえ」

「彼女の話が本当なら、須藤龍男はなんでやってもいない犯罪を自供したんでしょう？」

亘の疑問に、右京もまだ答えることはできなかった。

「なにか訳があるはずですよ。遠峰さんが彼の冤罪《えんざい》を晴らそうとすることにも」

その頃、東京拘置所の独居房では、遠峰小夜子が「きらきら星」をハミングしながら、母親が死んだ日のことを思い出していた。

小夜子が一階にある子供部屋で勉強机に向かっていると、二階で母と父が言い争う声がした。

「よくもあんな女と！」

「うるさい、小夜子に聞こえるぞ！」

「あの子は全部知ってるわ。毎日毎日、仕事仕事……」

「いいかげんにしろ！」

そのあと、母の悲鳴が聞こえ、同時に大きなものが階段を転がり落ちる激しい音がした。

小夜子が子供部屋のドアを開けると、階段下には首が変な角度に曲がった母が横たわっており、階段の上には父が呆然と立ちすくんでいた。

小夜子の口から漏れる「きらきら星」のハミングが、次第に笑い声に変わっていった。

二

翌日、右京と亘は世田谷区の交番を訪ね、谷江《たにえ》という巡査に話を聞いた。

「須藤龍男から自供を引き出したのは、あなたですか?」

右京が話を切り出すと、谷江は恐縮そうに答えた。

「引き出したというか……罪の意識に駆られて自発的に言い出したようなもので」

「自発的に?」亘が合の手を入れる。

「あの晩、夜間パトロール中に、須藤が通行人と揉めているところに出くわしたんです。引っ張ってきて事情を聴くうちに、須藤が話しはじめたんです。二年前、女性を階段から突き落としたって。町田の事件だとピンときました。この前出た雑誌でご主人のインタビューを読んだばかりでしたから」

谷江が一冊の雑誌を取り出した。亘もその雑誌は知っていた。

「あっ、『月刊プレス』」

「ええ。これです」

谷江がページを開くと、井原俊樹のインタビュー記事が載っていた。右京と亘が記事を読みはじめたところに、新たな客があった。

「杉下さん？」

「おや」

交番に入ってきたのは、捜査一課の新米刑事、出雲麗音だった。

「特命係がどうしてここに？」

「君こそ。アポ電強盗の捜査中じゃないの？」

「いま、昼食タイムです」麗音は亘の質問に答えると、谷江に頭を下げた。「お訊きしたいことがあってうかがいました」

「ひょっとして、君も須藤龍男の件で？」

亘が訊くと、麗音は「そちらも？」と目を瞠《みは》った。

麗音は特命係のふたりを近くの公園にいざなった。

「わたし、白バイ勤務のときに、須藤の違反切符、切ったことがあるんですよ」

「切符を切った相手、いちいち覚えてるの？」

びっくりする亘に、麗音が笑った。

「まさか。須藤のことはたまたま印象に残っていて。手の甲に派手なドラゴンのタトゥーがあったんです。龍男だから龍《ドラゴン》なのかって、妙に納得したんです」

「なるほど」右京が納得した。「ドラゴンのタトゥーですか」

「違反者の中には、こっちが女と見ると、ネチネチ絡んでくる人もいます。陰湿な男っているでしょ？　道でわざと女性に肩ぶつけてきたり、妊婦を狙って嫌がらせしたりするようなやつら」

「いるね、残念ながら」と亘。

「須藤はそういうタイプではなかった。なんていうか、もっとストレートなワル。金を奪うためなら暴力も振るうだろうけど、なんの得もないのに、見ず知らずの妊婦を突き飛ばしたっていうのは、ちょっと違和感があったんです。ただの勘だって言われてしまえば、それまでなんですけど」

「違和感ねえ」

亘は半信半疑だったが、右京は麗音を支持した。

「勘というより、白バイ勤務で培った君の人間観察力ではありませんかねえ？　案外、的を射ているかもしれませんよ」

「そうでしょうか？」

麗音は嬉しそうだった。

右京と亘はその後、『月刊プレス』の編集部を訪れた。

「雑誌に増刷がかかるのは、珍しいですね」

右京が口火を切ると、編集長の森尾《もりお》淳史《あつし》はほくほく顔になった。

「いやあ、おかげさまで、今月号は売れ行き絶好調です。犯人、いいタイミングで登場してくれましたよ」

「二年前の小さな事件をよく記事にしましたね。犯人が現れなければ、話題にもならなかったでしょう？」

水を向ける亘に、森尾は胸を張った。

「それはまあ、社会正義のためというか、日常の小さい事件を風化させないことも、メディアの使命ですから」

「ああ、立派な見識ですねえ。そのわりに扱いは小さいですが」

右京が表紙の見出しの大きさでチクリと皮肉を言うと、森尾は苦笑いした。

「実はこの企画出したの、うちの女子社員で。おーい、白石《しらいし》くん、ちょっと」

呼ばれてやってきたのは白石佳奈子《かなこ》という名の四十歳前後と思《おぼ》しき編集者だった。

「はい。なんでしょう？」

右京と亘は場所を変えて、佳奈子から話を聞くことにした。

「被害者の夫、井原さんのインタビューを企画したのは、あなたでしょ？　大当たりじゃないですか」

亘が褒めても、佳奈子はさほど喜ばなかった。

「二年前の事件の直後に、井原さんを取材させてもらっていたので。それで今回も」と言いながら、過去の『月刊プレス』を取り出した。「これです」

ページをめくると「独占インタビュー　最愛の妻と生まれてくる命を同時に奪われて」という見出しとともに、仲睦《むつ》まじそうに寄り添う井原俊樹と妻仁美《ひとみ》の写真が現れた。

「お話を聞けたのは、うちだけでした。取材を受けるのも、おつらい時期でしたから」

「どうやって、井原さんを説得したんですか？」

右京が尋ねると、佳奈子は左手の小指を神経質にさすりながら説明した。

「雑誌に載れば話題になるし、目撃情報が寄せられるかもしれないからと。当時、警察は事故の可能性が高いと見て、捜査に熱心ではなかったんです。奥さんの仁美さんは妊娠五カ月で、里帰りしていた実家から歩いて帰宅するところでした。家の近所の階段に差し掛かったところで、『後ろから誰か来る』――電話で井原さんにそう話した直後、事件が起きたんです。井原さんは家を飛び出し、現場に駆けつけ、倒れている奥さんを見つけて、すぐに救急車を呼んだそうです。でも、奥さんもお腹《なか》にいる赤ちゃんも助からなくて……」

「気の毒に」亘が井原の気持ちを斟酌《しんしゃく》した。

「井原さんは最初から確信を抱いてました。これは事故じゃない、事件だって」

「記事を読んだ人から、目撃情報は寄せられましたか？」

亘の質問に、佳奈子は首を横に振った。

「残念ながら。もともと人通りも少ないところですし、あの日は日曜日で、雨も降っていましたから」

「この写真はどなたが？」

右京が『月刊プレス』最新号の記事の中の写真に着目した。階段の下で倒れている仁美の横にひざまずいている井原が写っていた。

「それは一般の方から提供されたものです。事件直後に、たまたま通りかかって撮影されたとかで」

「惜しいなあ」亘が言った。「もう少し早ければ、犯人を目撃していたかもしれないのに。でも、よかったですね」

「えっ？　なにがですか？」

「犯人が名乗り出たことです。二年間、記事を書いて、井原さんを応援してきたんでしょ？」

「ええ。それはもちろん。過失致死って時効三年ですよね。その前に犯人が捕まって本当によかった」

「それが」右京が顔を曇らせた。「水を差すようで申し訳ないのですが、須藤龍男は犯人ではないと主張する人が現れまして」

「えっ、本人が告白したんですよね？　自分がやったって」

「自白だけでは、犯罪は立証できないんです」

亘のことばに、佳奈子は小指をさすりながら自分に言い聞かせるように言った。

「そう……。じゃあ、事件はまだ解決してないんだ」

「その本も、あなたが担当されたんですか？　遠峰小夜子さんの特集号」

右京が目に留めたのは『魔性の女――遠峰小夜子の真実』というムック本だった。

「ええ。編集部の総力戦で作りましたから。わたしも記事を書いたり、構成を立てたりしたんですけど……この本がなにか？」

「いえ、以前、面白く読ませていただいたものですから」

右京が曖昧《あいまい》な笑みを浮かべた。

右京と亘は続いて葛飾区の亀明町を訪れた。

「遠峰小夜子が須藤を目撃したのは、この辺りですかね？」

「ええ」

ふたりがその場所を探していると、耳に馴染んだ声が聞こえてきた。

「ああもう、なんで特命係がいるんだよ？」

声の主は伊丹だった。芹沢と麗音も一緒だった。

「よく会うね」

亘が麗音にかけたことばを、伊丹が聞き咎めた。

「よくってなんだよ？」

「さあ……」麗音はとぼけた。

「なんかご用ですか？　アポ電強盗殺人事件の捜査なら、ご協力いただかなくても間に合ってますけど」

芹沢のひと言で、右京はハッとなった。

「あっ、僕としたことがうっかりしていました。ここは区の境目。通りを挟んで向こうは足立区綾瀬本町。二年前にアポ電強盗殺人事件が起きたところですよ」

右京の反応を見て、亘もことの重要性に気づいた。

「こんなに近く……偶然ですかね」

「いや、調べてみないことにはなんとも……」

いきなり興奮しはじめたふたりを見て、伊丹が焦《じ》れた。

「なにをごちゃごちゃ言ってるんですか。とにかくこっちの捜査の邪魔をするのはやめてください」

「そういうこと。よろしく」芹沢が追従する。

伊丹と芹沢が立ち去る中、麗音は特命係のふたりの意図を探ろうとした。しかし、すぐに伊丹に見咎められた。

「出雲！　なにやってんだ！」

「はい」

捜査一課の三人の背中を見送りながら、亘が言った。

「伊丹さんたちが教えてくれるわけありませんね。帰って捜査資料を当たりますか」

「しかし、せっかくここまで来たのですからねえ」

右京が思いついたのは、サイバーセキュリティ対策本部の青木年男に電話をかけ、アポ電強盗殺人事件の詳細を教えてもらうということだった。青木は最初、指揮命令系統が違うとか服務規程違反だとかごねていたが、右京に頼み込まれ、仕方なくデータベースを開き、記載内容を読み上げた。

――事件発生は二年前の九月九日。被害者は三井正子、七十八歳、ひとり暮らし。事件の前日、リフォーム会社を名乗る男から電話があって、手元に現金があるか訊かれています。気味悪く思った被害者は、千葉に住む娘に連絡。翌日の午後、娘が被害者宅を訪ねたところ、ガムテープで拘束され、腹部から血を流している被害者を発見。被害者はまだ意識があって、ガスの点検と名乗る男が金を奪って逃げたと話したそうですが、搬送先の病院で死亡しました。被害者の爪からは、犯人のものと思しき皮膚片が採取されて、DNA鑑定の結果、半グレ組織の一員で前科のある野添恭一のものと判明。まあ、こんなところですね。

「共犯者は？」亘が訊いた。「アポ電強盗はひとりじゃやらないだろ」

――路駐していた車に作業服姿の男が乗り込むのを、近隣住民が目撃してます。運転していた男がおそらく見張り役でしょうね。そのあと捜査は難航して……ようやく見つかった野添はこのありさま。

次の瞬間、亘のスマホに先日見つかった野添の遺体の頭蓋骨の写真が送られてきた。

右京が写真を消して、質問する。

「アポ電強盗がおこなわれたのは何時頃ですか？」

――午後二時から二時半の間です。

「午後二時から二時半……かなり絞られていますねえ」

――娘が被害者を発見したのが二時半。その前に近所の子供が回覧板を届けに行って、被害者とインターホン越しに話しているんです。それが二時頃だったと。

右京はなにか閃《ひらめ》いたようだった。

「青木くん。回覧板を届けに行った子供の名前と住所、調べてください」

――はあ？

難色を示す青木に亘は「青木、大至急頼む」と命じ、一方的に通話を終了した。

右京が説明した。

「アポ電強盗は金のある場所を聞き出すために、住人が在宅していることを確認してから侵入します。見張り役の男は、回覧板を届けに行った子供から、被害者が家にいることを聞き出したのかもしれませんねえ」

亘も上司の考えを悟っていた。

「遠峰小夜子が見たのが、その子と須藤だとしたら、アポ電強盗の見張り役は須藤」

と、亘のスマホに青木からメールが届いた。

「あっ、もう来た。あいつ、仕事だけは早いな。綾部《あやべ》祐樹《ゆうき》くん、当時十歳」

「住所は？」

右京が問うと、亘はスマホの地図アプリで確かめた。

「この近くですね」

右京と亘はすぐに綾部家へ向かった。

祐樹は在宅中で、母親と一緒に玄関口に現れた。母親はふたりの話をあっさり認めた。

「はい。回覧板を届けたあと、車にぶつかりそうになったって言ってました。絶対飛び出しちゃ駄目よって、きつく叱ったんで覚えてます。ねえ、祐樹」

「うん」祐樹がうなずく。

「二年も前のことを訊いて申し訳ありませんが、いくつか確かめたいことが」

右京の前置きを受け、亘が祐樹に質問した。

「車道に飛び出したとき、誰かが君の腕をつかんで、歩道に引き戻してくれた？」

「はい」

「それ、若い男の人だった？」

「たぶん、そうです」

亘がスマホで須藤の写真を見せると、右京が訊いた。

「この人ですか？」

「わかりません」

「さすがに顔は覚えてないか」

亘が落胆する横で、右京は質問を変えた。

「君の腕をつかんだ手ですがね、この辺りにドラゴンのタトゥーが入っていませんでしたか？」

右京が手の甲を示す。すると、祐樹の顔がパッと輝いた。

「ドラゴン？　ありました！　なんか派手なやつ！」

「ビンゴですね」

亘が右京に耳打ちする。

「ええ。転落事故のあった同日同時刻、須藤龍男はこの辺りで、アポ電強盗の見張り役をしていたようですねえ」

右京と亘の発見を受け、伊丹たちは須藤の取り調べをおこなった。

「二年前の九月九日、お前は町田じゃなくて、ずーっと東の足立区綾瀬本町にいたんだろ？」

「妊婦を階段から突き落としたりしてないよな？　やってもいないことをなんで自供したんだよ？」

伊丹と芹沢から追及されても、須藤はしらを切った。

「俺がやったんだよ！　本人が言うんだから間違いねえだろ」

「お前が本当にやったのは、アポ電強盗の見張り役だ。嘘の自供をしたのは、それを隠すアリバイ作りのためだな？」

「転落死なら、うまくいけば過失致死。悪くても傷害致死で済む。そう計算したんじゃないのか？」

再び伊丹と芹沢が追及したが、須藤は答えなかった。伊丹がもうひと押しする。

「野添を殺したのもお前だな？　床下に埋めた遺体が掘り出されて、足がつくのを恐れ、同じ日に起きた別の事件の犯人だと名乗り出た。……ったく、つまらねえ芝居しやがって」

取調室の隣の部屋から、右京と亘がマジックミラー越しにようすをうかがっていた。

「野添が所属してた半グレ組織も、須藤の行方を追っていたそうですが……」

亘のことばを受けて、右京が須藤の心を読んだ。

「警察の捜査と半グレ組織の報復、両方から逃れる最善策が別の事件の犯人として警察に捕まることだったわけですねえ」

ふたりが部屋を出ると、麗音が待ち構えていたように走ってきた。

「遺体を包んでいたブルーシートから、須藤のものと見られる頭髪が見つかりました。今、鑑識で確認中です」

「決定的だね。早々に決着しそうだ」

安堵《あんど》する亘に、麗音が質問をぶつけた。

「あの……特命係って、特別なルートでもあるんですか？」

「ルートって？」

「須藤とアポ電強盗が結びつくなんて、一課では誰も思っていませんでした。特命係だけがどうしてそこにたどり着いたのか、不思議で」

右京と亘は笑ってごまかした。

三

数日後、特命係のふたりは東京拘置所に行き、遠峰小夜子と面会した。

「須藤龍男が自供しました。アポ電強盗の見張り役を務めたのも、共犯の野添を殺害したのも彼でした」

右京が報告すると、小夜子は関心なさそうに言った。

「ひょうたんから駒ってこのことですね。子供を守った人が殺人犯だったなんて、びっくり」

「未解決事件はこれで解決。君の目撃情報のおかげだ」

亘が皮肉をこめたが、小夜子は鼻で笑った。

「大誤算だわ。彼の無実を証明して助けてあげるはずが、まさか警察の捜査に協力するはめになるなんてね」

意図の読めない小夜子の行動に、右京が淡々と礼を述べた。

「ご協力には感謝します。あなたには別の思惑があって、善意から情報を提供したのではないとしても」

するとト小夜子が身を乗り出した。

「あっ、そういえば、もうひとつのほう、どうなりました？　町田の転落事件」

「残念ながら、振り出しに戻ってしまいました」と右京。

「そう。井原さんっていいましたっけ？　お気の毒に。やっと犯人が見つかったと思ったら、奥さまの死をアリバイ工作に利用されただけだなんて」

「ショックだろうね」亘が井原の心境に立って発言した。「一度は事件が解決しかけたんだから」

「こんなことなら、須藤を犯人のままにしておいたほうがよかったかも……。ねえ、おふたりなら、町田の事件、解決できるんじゃありません？　真犯人捜してあげたらいかがですか？」

「どうしてそんなに親身になるんだ？　君は井原さんを知ってるのか？」

訝《いぶか》しげな亘に、小夜子はニッと笑った。

「いいえ。全っ然知らない人」

独居房に戻った小夜子は「きらきら星」をハミングしながら、小学生時代のできごとを回想していた。母親が階段から転落死する数日前のことだった。

母と一緒に商店街へ買い物にいく途中だった。小夜子は花屋の店先で足を止め、ひとりの女性店員を指差して言った。

「お母さん。わたし、あの人、見たことある」

母は気味の悪いものでも見るような目になり、小夜子を叱った。

「よしなさい！　また変なこと言って。気持ち悪い……」

しかし、小夜子は言い張った。

「本当よ。わたし、見たの。お父さんがあの人と腕組んで、楽しそうに歩いてるところ」

「えっ……」

母の心に疑念が生まれるのを、小夜子は興味深く観察していた。

回想を断ち切った小夜子の腹の底から、笑いがこみあげてきた。


右京と亘は井原仁美の転落現場を訪れた。階段は予想していたよりも急で、長く続いていた。

亘が『月刊プレス』の写真と見比べながら、階段を見上げた。

「ここですね。ずいぶん急だな。後ろから押されたら、ひとたまりもない」

「雨の日は、さらに危険でしょうね」右京が指摘した。「足下が滑りやすい」

「駅から抜ける裏道ですね。人通りもありません。これじゃ、新たな目撃情報は望み薄ですね」

右京が亘の手から『月刊プレス』を取り上げた。

「まだなにか進展があるかもしれませんよ。現に須藤は『月刊プレス』の最新号を見て、この事件を利用することを思いついたのですから」

亘がスマホの地図アプリを起《た》ち上げた。

「井原さんの家、ここから徒歩十分くらいのところみたいですよ」

「行ってみましょうか」右京が提案した。


「事件のことは、いまはなにも話す気になれません」

玄関先に出てきた井原俊樹は、開口一番そう言った。

「お気持ちはわかりますが、警察のほうで見落としがあるといけませんので、いくつか確認だけさせてください」

右京の申し出に、井原は「でも……」と暗い表情になった。

それでも、亘が「ご協力お願いします」と重ねて頼み込むと、ようやく折れた。

「どうぞお入りください」

靴を脱ぎながら、右京は傘立てに珍しい幾何学模様の傘とビニール傘が立ててあるのに注目した。

仁美の遺影に手を合わせたあと、亘が井原に語りかけた。

「嘘の証言に振り回されて、嫌な思いをされたんでしょうね」

「最悪ですよ。ようやく楽になれると思ったのに……また逆戻りです」

「お力を落とされないように。真実は必ず明らかになります」

右京が励ましたとき、井原のスマホの着信音が鳴った。井原は特命係のふたりに手振りで着席を促し、スマホのディスプレイを見た。

「どうぞ、出てください」

亘が促したが、井原は、「いや、どうせろくな電話じゃないから」と電話を切った。

「と言いますと？」右京が興味を示す。

「メディアに出たりすると、応援してくれる人もいるんですが、嫌がらせのような電話もあって」

「それなら、脅迫罪に問うこともできます。こちらで対処しましょうか？」

亘が申し出ると、井原は慌てたように答えた。

「えっ？　いや、そこまでは。事を荒立てたくないですから。あっ、お茶でも淹《い》れましょうか。お茶の葉、あったかな？」

「お気遣いなく。すぐ失礼します」

右京が断り、井原は「そうですか」とソファに腰を下ろした。右京が質問を放つ。

「奥さまの仁美さんは、あなたと携帯電話でお話し中に転落されたそうですね」

「後ろから誰か来ると言ったあとに悲鳴が……。そのあと通話が切れて、階段から落ちたんだと思いました」

「あなたは現場に駆けつけ、倒れている奥さまを見つけて、救急車を呼んだ。それで間違いありませんか？」

「ええ、そうです」

井原が認めると、右京が待ち構えていたように疑問を呈した。

「そこがちょっとわからないんですがね。転落したことに気づいたとき、なぜすぐに救急車を呼ばなかったんです？」

「えっ？」

「現場までは、走っても数分はかかります。身重の奥さまのことを思えば、一刻も早く救急車を呼ぶのでは？」

「それは……。混乱していて頭が回らなかったんです」

「なるほど。気が動転していらした。無理もありませんね」

「ええ。いまから思えば、すぐに救急車を呼ぶべきだったと思います」

話を合わせた井原に、右京が次の矢を放った。

「奥さまはマタニティマークをつけていましたか？　妊婦さんがつける、可愛いイラストのキーホルダーのようなものです」

「どうだったかな？　なんで、そんなこと訊くんです？」

「不思議なんですよ。事件発生当初から、妊婦を狙った悪質な犯行だと言われていましたね。しかし、奥さまは妊娠五カ月で、まだお腹もさほど目立っていなかった。後ろから来た犯人が、妊娠中だと気づくものでしょうか」

亘が右京の疑問を補足した。

「後ろから誰か来る。奥さん、そう言ったんですよね？」

「あ、ああ、そういえば、バッグにつけてました」

「それで納得です」右京が笑みを浮かべた。「疑問が解決しました」

「じゃあ、もういいですか？　気分が優れなくて」

井原に迷惑そうな顔で言われ、右京と亘は立ち上がった。

「はい。どうもお邪魔しました」

亘は立ち去ろうとしたが、右京は振り向いて、左手の人差し指を立てた。

「すみません、もうひとつだけ。あなた、家を出るとき、傘を差していましたか？」

「えっ？」井原が困惑顔になる。

「あの日、あの時間帯、この辺りは強い雨が降っていたはずなんですよ」

「もちろん、傘は差してました」

「だとすると、また新たな疑問が……。冠城くん、例の雑誌を」

「はい」亘が『月刊プレス』の最新号を取り出し、写真の載ったページを開いた。「ご覧になるの、つらいかもしれませんが……」

右京が写真を見ながら説明する。

「これは救急車の到着を待っているときのようすですよねえ。あなたの傘、どこにも写っていないんですよ」

「えっ？　ああ、そうだ。慌てて傘を差さずに飛び出したんでした」

そう言い直した井原を、右京が追及した。

「本降りの中を？　玄関の傘立てに傘があるのに？」

ついに井原が怒りを爆発させた。

「もういいかげんにしてもらえますか？　なにが知りたいんですか？　犯人を捕まえてくれるんじゃないんですか？」

「すみません。この人、細かいことが気になるのが悪い癖なんですよね」

亘のフォローを受け、右京がさらに細かい指摘をした。

「これは一般の人が編集部に提供した写真だそうですが、いかにも素人《しろうと》ですねえ。ほらここ」右京が写真の上端を指差した。「撮影者の差している傘の縁が少しだけ写っています。井原さん、これあなたの傘ですよね？」

「えっ？」

「さっき入ってくるときに気づいたんですがね、玄関の傘立てにある傘、これと同じ模様なんですよ」

「おやおや」亘が玄関から幾何学模様の傘を持ってきて開いた。「同じ柄。偶然ですかね？」

右京が一気に攻め込んだ。

「これはあくまで推測ですが、奥さまから電話が来たとき、あなたは誰かと一緒に外にいて、この傘を差していたのではありませんか？　そして、奥さまが転落した階段近くで、この傘をその人物に渡した。で、その人が写真を撮って『月刊プレス』に送ったのだとすると、すべての辻褄《つじつま》が合うんですがねえ」

「なにを言ってるんですか……」

井原は否定したが、顔面は蒼白だった。

「井原さん、奥さんは本当に誰かに襲われたんですかね？　もしも事故を事件と偽って捜査させたのだとしたら、偽計業務妨害。立派な犯罪です。まさかとは思いますが、奥さんの背中を押したのは、ひょっとして……」

亘の推測に、井原は壁を殴りつけた。

「違う！　俺はやってない！　騙《だま》すつもりもなかった。つい、ほんの少しだけ嘘をついただけで……」

　そのとき再び井原のスマホが鳴った。井原は電話を切って、「もううんざりだ、あの女」と吐き捨てるように言った。

　右京が井原の前に立った。

「話していただけませんか？　あの日、なにがあったのか」

　井原がぽつりぽつりと話しはじめた。

「帰ってくるはずじゃなかったんです……。魔が差したんです。妻の留守にちょっと息抜きのつもりで、つい出会い系サイトで知り合った女性を家に……。雨が降り出したので、傘がないと言う彼女を駅まで送る途中でした……」


　ちょうど階段の下を歩いていたとき、井原のスマホが鳴った。妻の仁美からだった。電話に出ると、仁美が意外なことを言った。

　――もうすぐ家に着くから。

　度を失った井原は、「いまどこにいるの？」と訊いた。

　――いつもの抜け道よ。階段のとこ。

　傘をずらして階段を見上げた井原は、妻が階段の上に立っているのに気づいた。仁美も同時に気づいたようだった。

た。

「なんなの？　その女、誰？」

興奮した仁美は雨で濡《ぬ》れた階段を下りようとして、足を滑らせ、そのまま転がり落ちた。

井原は傘を女に押しつけ、「早く行ってくれ！　通りに出て、タクシー拾って！」と命じた。そして、仁美に駆け寄り、「おい、しっかりしろ！」と呼びかけた。妻は返事をしなかった。井原は祈るような気持ちで、救急通報したのだった。

井原の傘を差した女は、その場にたたずんでいた。

「……妻は急いで階段を下りようとして、足を滑らせた。でも、警察に事情を聴かれたとき、つい嘘を。私のせいで妻が死んだと責められるのが恐ろしくて」

右京が井原の心の内を読んだ。

「その嘘が世間に広まって、あなたは後に引けなくなってしまったんですね」

「あんな記事になるなんて、思ってなかった……」

井原が妻の遺影を抱きしめたとき、またしてもスマホの着信音が鳴った。

右京が井原からスマホを奪い取り、代わりに電話に出た。

「もしもし。いまからそちらにうかがいます」

四

右京と亘は『月刊プレス』の編集部に行き、会議室でテーブルを挟んで白石佳奈子と向き合った。

まず右京が口火を切った。

「井原さんからうかがったお話は、あなたが書いた記事とはかけ離れたものでした」

亘が『月刊プレス』最新号の写真の載ったページを開いた。

「この写真を撮ったのは君だね？　井原さんは君を駅まで送る途中、奥さんと鉢合わせした。いい記事が書けるはずだよ。君は当事者で、現場ですべて見ていたんだから」

佳奈子は左手の小指をさすりながら反論した。心を落ち着かせたいときの彼女の癖である。

「あの人がなにを言ったか知りませんけど、それ証明できます？　わたしは聞いた話を記事にしただけですよ。読者受けするように、少しはアレンジしましたけど」

「いったいなにが狙いなんだ？　金か？」

亘の質問を、佳奈子は一笑に付した。

「まさか。ああ、何度かプレゼントはいただきましたよ。記事のお礼にって。それ……罪になります？」

開き直る佳奈子に、右京は立ち上がって近づいた。

「人を意のままに操ることの楽しさ。あなたはそれを遠峰小夜子さんから学んだのですか？」

「えっ？」

「名誉毀損《きそん》で訴訟を起こしたり、ある女性の失踪にまつわる手記を発表したり……。遠峰さんは以前から『月刊プレス』を利用しているように見えます。いや、むしろ『月刊プレス』が遠峰さんに協力しているように、僕には思えるんですよ」

佳奈子も立ち上がる。

「なんのためにそんなことを？　第一、拘置所にいる人にどうやって協力するんですか？　面会時の会話は記録されるし、手紙も検閲されるんですよ？」

右京はすでにその方法を考えていた。

「これはあくまで可能性の話ですが、読者の投稿に見せかけ、遠峰さんに必要な情報を発信する。そういうこともできるのではありませんかねえ。記事、写真、広告、ノンブル……。雑誌は情報の塊です。あなたなら雑誌と手紙を使って、当人にしかわからないようにメッセージを送ることも可能だと思いますよ」

亘も立ち上がり、佳奈子の背後に回り込んだ。

「君と遠峰小夜子は、どういう関係？」

　佳奈子がしきりに小指をさすった。

「関係って……別に」

「僕は、あなたと遠峰さんはずっと以前から協力関係にあったのだと思っています。知り合ったきっかけは、彼女の黒真珠養殖詐欺。あなたは詐欺の被害者ですよね」

　右京と亘は捜査ファイルを見ているときに、気づいていたのだった。

「捜査資料の中に君の名があったよ。ご主人が詐欺に引っかかって、多額の借金を作った。それが元で離婚したけど、仕事上はいまも別れたご主人の姓を使ってる。君は遠峰小夜子を恨んでるんじゃないのか？」

「恨む？」

　佳奈子が突然声を出して笑った。そして、ひとしきり笑うと、特命係のふたりに向き直った。

「なんでですか？　あの人のおかげで、夫が愚かでつまらない男だとわかって、別れられたのに。どうせ調べるでしょうから話しておきますけど、遠峰さんには何度か手紙を送っています。彼女の自伝を出したくて、以前から交渉してるんですよ」

「犯罪者の自伝か。悪趣味だな」

　亘が斬り捨てると、佳奈子はヒステリックに言い募った。

「そんなんじゃありません！　彼女は上っ面のきれいごとや、もったいつけた権威を剝ぎ取って、人間の救いようのない本性を暴き出すんです。痛快だわ！　拘置所にいても彼女は自由！　人を引きつけて、意のままに動かすことさえできる。読者はきっとこう思うはずよ。遠峰小夜子はわたしだ、解き放たれたもうひとりの自分だって」

そのとき右京のスマホが振動した。

「青木くんからです」右京が電話に出る。「杉下です。……そうですか。どうもありがとう」

電話を切った右京は、佳奈子の夢を打ち砕いた。

「自伝の出版は、当分無理かもしれません」

「は？」

「井原俊樹さんが被害届を出したそうです。おそらくあなたは脅迫罪、もしくは恐喝罪で、逮捕されることになるでしょう」

「君に操られる人生よりも、世間から石を投げられても真実を告白する道を選んだようですね」

右京と亘のことばに、佳奈子はしばし呆然と立ちつくした。そして膝から床にくずおれていった。

「嘘……」

「白石佳奈子さん……誰だったかしら？」

東京拘置所の面会室のアクリル板の向こうで遠峰小夜子は首を傾げた。

「『月刊プレス』の編集さん。何度か手紙のやり取りしてるはずだけど」

亘が説明しても、小夜子は知らぬ顔だった。

「そうでしたっけ？　わたし、女性からお手紙いただくこと多いんですけど、名前までいちいち覚えてません」

「冷たいね。向こうは君を尊敬してるのに」

右京が亘のことばを訂正する。

「尊敬というより、崇拝というべきでしょうねえ。あなたのようになりたいと願い、あなたを模倣した行動をしているように見えます。そうそう、こんなことを言っていました。あなたは、解き放たれたもうひとりの自分だと」

「もうひとりの自分？　はあ？　バカみたい」小夜子は軽蔑の笑みを浮かべた。「その人、自分の中身が空っぽだから、借りもののなにかで埋めようとしてるだけですよ。そういう人って、簡単に心を乗っ取られて、都合よく操られてしまうんですよね。お気の毒」

右京が正面から小夜子を見据えた。

「やはりそうでしたか」

「はい？」

「僕は最初、あなたが井原さんを破滅させようとしているのかと思ったのですが、違っていました。あなたが弄《もてあそ》び、破滅させたのは、白石佳奈子さん。初めから狙いは彼女のほうだったんですね。あなたの思惑どおりに事が進んで、白石さんに振り回されることに疲れ果てた井原さんは真実を告白しました。その結果、犯罪の加害者として、白石さんはすべてを失った。もう編集部にも戻れないでしょう」

「なぜ、彼女にそんな仕打ちを？　君に協力してたんじゃないの？」

亘の問いかけを、小夜子は嘲笑《あざわら》った。

「協力？　わたし、頼んだ覚えありませんけど。白石って人とは、なんの関係もありません。でも、愚かな人たちの嘘がひとつひとつ暴かれて、階段を転げ落ちるように破滅していく……そういうゲームを考えるのは、いい暇つぶしになります。なにしろここはとっても退屈ですから」

悠然と席を立ち、去ろうとする小夜子に、右京が呼びかけた。

「遠峰さん、転落死と強盗殺人、ふたつの事件が起きた同日同刻に、あなたは詐欺の被害者を罠《わな》に嵌《は》めていました。その被害者は、のちに不審死を遂げています。このゲームでは、真実がすべて暴かれて破滅するのがルールです。あなたも例外ではありませんよ」

小夜子は振り返ると嫣然《えんぜん》と笑みを浮かべ、右京と亘に深々と一礼した。

面会室を出ながら、亘が右京に話しかけた。

「自伝を出す話、どうなるんでしょうね」

「どうにもなりませんよ。そもそも遠峰さんは、自伝を書く気などなかったでしょうからねえ」

「でしょうね」

右京は少し残念そうな亘の顔色をうかがった。

「おや、君は読みたいのですか？　彼女の自伝」

「知りたいと思いませんか？　自分の支援者まで弄んで、傷つける。あの悪意がどこからくるのか」

しかし、右京は一蹴《いっしゅう》した。

「僕は結構です。闇の中に分け入ったところで、なにも見えませんから。それに、あの人が本当のことを書くと思いますか？」

「書くはずないですね」

「ええ。でっち上げた自伝など読む価値はありませんよ」

右京は断言すると、決然と拘置所をあとにした。

相棒season 19（第１話〜第７話）

STAFF

エグゼクティブプロデューサー：桑田潔（テレビ朝日）
チーフプロデューサー：佐藤凉一（テレビ朝日）
プロデューサー：髙野渉（テレビ朝日）、西平敦郎（東映）、
土田真通（東映）
脚本：輿水泰弘、神森万里江、児玉頼子、斉藤陽子、瀧本智行、
山本むつみ
監督：橋本一、権野元、杉山泰一
音楽：池頼広

CAST

杉下右京……………………………水谷豊
冠城亘………………………………反町隆史
小出茉梨……………………………森口瑤子
伊丹憲一……………………………川原和久
芹沢慶二……………………………山中崇史
角田六郎……………………………山西惇
青木年男……………………………浅利陽介
出雲麗音……………………………篠原ゆき子
益子桑栄……………………………田中隆三
大河内春樹…………………………神保悟志
風間楓子……………………………芦名星
中園照生……………………………小野了
内村完爾……………………………片桐竜次
衣笠藤治……………………………杉本哲太
社美彌子……………………………仲間由紀恵
甲斐峯秋……………………………石坂浩二

制作：テレビ朝日・東映

第１話　　初回放送日：2020年10月14日

プレゼンス（前篇）

STAFF

脚本：輿水泰弘　監督：橋本一

GUEST CAST

加西周明 ……………石丸幹二　　朱音静……………日南響子
万津蒔子 ……………松永玲子　　桑田圓丈 …………大石吾朗

第２話　　初回放送日：2020年10月21日

プレゼンス（後篇）

STAFF

脚本：輿水泰弘　監督：橋本一

GUEST CAST

加西周明 ……………石丸幹二　　朱音静……………日南響子
万津蒔子 ……………松永玲子

第３話　　初回放送日：2020年10月28日

目利き

STAFF

脚本：神森万里江　監督：権野元

GUEST CAST

酒井直樹 ……………山本浩司　　尾崎徹…………及川いぞう

第４話　　初回放送日：2020年11月4日

藪の外

STAFF

脚本：児玉頼子　監督：杉山泰一

GUEST CAST

叶笑（棚橋智美）………高梨臨　　吉岡壮介 …………窪塚俊介

第5話　　初回放送日：2020年11月11日

天上の楼家

STAFF

脚本：斉藤陽子　監督：権野元

GUEST CAST

白河貴代 ………… 冨士眞奈美　　白河達也 ……湯江タケユキ

黒崎健太 ……………内田裕也

第6話　　初回放送日：2020年11月18日

三文芝居

STAFF

脚本：瀧本智行　監督：権野元

GUEST CAST

松野優太 ………… 橋本じゅん　　山田みなみ ……… 柳ゆり菜

第7話　　初回放送日：2020年11月25日

同日同刻

STAFF

脚本：山本むつみ　監督：橋本一

GUEST CAST

遠峰小夜子 …………西田尚美　　連城建彦 ……………松尾諭

相棒《あいぼう》 season19　上　朝日文庫

2021年10月30日　第1刷発行

脚　本　輿水泰弘《こしみずやすひろ》　神森万里江《かみもりまりえ》　児玉頼子《こだまよりこ》
斉藤陽子《さいとうようこ》　瀧本智行《たきもとともゆき》　山本《やまもと》むつみ
ノベライズ　碇《いかり》 卯人《うひと》

発 行 者　三 宮 博 信
発 行 所　朝日新聞出版
〒104-8011　東京都中央区築地5-3-2
電話　03-5541-8832(編集)
　　　03-5540-7793(販売)
印刷製本　大日本印刷株式会社

定価はカバーに表示してあります

ISBN978-4-02-265012-2

落丁・乱丁の場合は弊社業務部(電話 03-5540-7800)へご連絡ください。

送料弊社負担にてお取り替えいたします。

相棒season10（上）
脚本・輿水　泰弘ほか／ノベライズ・碇　卯人

仮釈放中に投身自殺した男の遺書に恨み事を書かれた神戸尊が、杉下右京と共に事件の再捜査に奔る「贖罪」など六編を収録。《解説・本仮屋ユイカ》

相棒season10（中）
脚本・輿水　泰弘ほか／ノベライズ・碇　卯人

子供たち七人を人質としたバスに同乗した神戸尊と、捜査本部で事件解決を目指す杉下右京の葛藤を描く「ピエロ」など七編を収録。《解説・吉田栄作》

相棒season10（下）
脚本・輿水　泰弘ほか／ノベライズ・碇　卯人

研究者が追い求めるクローン人間の作製に、内閣・警視庁が巻き込まれ、神戸尊の最後の事件となった「罪と罰」など六編。《解説・松本莉緒》

相棒season11（上）
脚本・輿水　泰弘ほか／ノベライズ・碇　卯人

香港の日本総領事公邸での拳銃暴発事故を巡り、杉下右京と甲斐享が、新コンビとして活躍する「聖域」など六編を収録。《解説・津村記久子》

相棒season11（中）
脚本・輿水　泰弘ほか／ノベライズ・碇　卯人

何者かに暴行を受け、記憶を失った甲斐享が口にする断片的な言葉から、杉下右京が事件の真相に迫る「森の中」など六編。《解説・畠中　恵》

相棒season11（下）
脚本・輿水　泰弘ほか／ノベライズ・碇　卯人

警視庁警視の死亡事故が、公安や警察庁、さらには元・相棒の神戸尊をも巻き込む大事件に発展していく「酒壺の蛇」など六編。《解説・三上　延》

相棒season12（上）
脚本・輿水 泰弘ほか／ノベライズ・碇 卯人
陰謀論者が語る十年前の邦人社長誘拐殺人事件が、警察組織全体を揺るがす大事件に発展する「ビリーバー」など七編を収録。《解説・辻村深月》

相棒season12（中）
脚本・輿水 泰弘ほか／ノベライズ・碇 卯人
交番爆破事件の現場に遭遇した甲斐享が残すヒントをもとに、杉下右京が名推理を展開する「ボマー」など六編を収録。《解説・夏目房之介》

相棒season12（下）
脚本・輿水 泰弘ほか／ノベライズ・碇 卯人
〝証人保護プログラム〟で守られた闇社会の大物の三男を捜し出すよう特命係が命じられる「プロテクト」など六編を収録。《解説・大倉崇裕》

相棒season13（上）
脚本・輿水 泰弘ほか／ノベライズ・碇 卯人
特命係が内閣情報調査室の主幹・社美彌子と共に、スパイ事件に隠された〝闇〟を暴く「ファントム・アサシン」など七編を収録。

相棒season13（中）
脚本・輿水 泰弘ほか／ノベライズ・碇 卯人
〝犯罪の神様〟と呼ばれる男と杉下右京が対峙する「ストレイシープ」、鑑識課の米沢がクビを宣告される「米沢守、最後の挨拶」など六編を収録。

相棒season13（下）
脚本・輿水 泰弘ほか／ノベライズ・碇 卯人
杉下右京が恩師の古希を祝う会で監禁事件に巻き込まれる「鮎川教授最後の授業」、甲斐享最後の事件となる「ダークナイト」など五編を収録。

相棒season14（上）

脚本・輿水　泰弘ほか／ノベライズ・碇　卯人

異色の新相棒、法務省キャリア官僚・冠城亘が登場！　刑務所で起きた殺人事件で、新コンビが活躍する「フランケンシュタインの告白」など七編。

相棒season14（中）

脚本・輿水　泰弘ほか／ノベライズ・碇　卯人

殺人事件を予言した人気漫画に隠された真実に迫る「最終回の奇跡」、新政権発足間近に起きた爆破事件を追う「英雄〜罪深き者たち」など六編。

相棒season14（下）

脚本・輿水　泰弘ほか／ノベライズ・碇　卯人

山深い秘境で遭難した右京が決死の脱出劇を繰り広げる「神隠しの山」、警察訓練生による大量殺戮テロが発生する「ラストケース」など六編。

相棒season15（上）

脚本・輿水　泰弘ほか／ノベライズ・碇　卯人

ある女性の周辺で起きた不可解な死の真相に、右京と亘が迫る「守護神」、独特なシガーの香りから連鎖する事件を解き明かす「チェイン」など六編。

相棒season15（中）

脚本・輿水　泰弘ほか／ノベライズ・碇　卯人

郊外の町で隠蔽された警察官連続失踪の闇に迫る「帰還」、目撃者への聴取を禁じられ、出口の見えない殺人事件に挑む「アンタッチャブル」など六編。

相棒season15（下）

脚本・輿水　泰弘ほか／ノベライズ・碇　卯人

籠城犯の狙いを探りあてた右京が、亘とともに巨悪に挑む「声なき者」、世間を騒がせる投稿動画に特命係が鋭く切りこむ「ラストワーク」など五編。

朝日文庫

相棒season16（上）
脚本・輿水泰弘ほか／ノベライズ・碇卯人

証拠なき連続殺人事件に立ち向かう特命係と権力者たちとの対峙を描く「検察捜査」、銀婚式を目前にした夫婦の運命をたどる「銀婚式」など六編。

相棒season16（中）
脚本・輿水泰弘ほか／ノベライズ・碇卯人

外来種ジゴクバチによる連続殺人に特命係が挑む「ドグマ」、警視庁副総監襲撃事件と過去の脅迫事件との繋がりに光を当てる「暗数」など六編。

相棒season16（下）
脚本・輿水泰弘ほか／ノベライズ・碇卯人

不穏な手記を残した資産家の死をホームレスと共に推理する「事故物件」、ホステス撲殺事件に隠された驚愕の真実を解き明かす「少年A」など六編。

相棒season17（上）
脚本・輿水泰弘ほか／ノベライズ・碇卯人

資産家一族による完全犯罪に右京の進退を賭けて挑む「ボディ」、拘禁中の妖艶な女詐欺師が特命係を翻弄する「ブラックパールの女」など六編。

相棒season17（中）
脚本・輿水泰弘ほか／ノベライズ・碇卯人

外国人襲撃事件を単独捜査する伊丹の窮地を救う「刑事一人」、凱旋帰国した世界的歌姫が誘拐・殺人事件に巻き込まれていく「ディーバ」など六編。

相棒season17（下）
脚本・輿水泰弘ほか／ノベライズ・碇卯人

経産省キャリア官僚殺害事件の謎を追う「99％の女」、少年の思いに共鳴した〈花の里〉の女将、幸子の覚悟と決断を描く「漂流少年」など六編。

朝日文庫

脚本・輿水　泰弘ほか／ノベライズ・碇　卯人

相棒season18（上）

鍛え抜かれた肉体を持つ連続殺人犯と極北の地で対峙する「アレスの進撃」、青木の父親役で右京が代理婚活パーティーに潜入する「ご縁」など六編。

脚本・輿水　泰弘ほか／ノベライズ・碇　卯人

相棒season18（中）

横領容疑で逮捕された教授たちの真の狙いを解明していく「檻の中」、山岳信仰の残る山村で地面に磔にされた変死体の謎に迫る「神の声」など五編。

脚本・輿水　泰弘ほか／ノベライズ・碇　卯人

相棒season18（下）

スコットランドヤード時代の右京の元相棒との最終決戦に挑む「善悪の彼岸」、不正経理をめぐる謎の転落死の真相を暴く「突破口」など六編。

碇　卯人

杉下右京の密室

右京は無人島の豪邸で開かれたパーティーに招待され、主催者から、参加者の中に自分の命を狙う者がいるので推理して欲しいと頼まれるが……。

碇　卯人

杉下右京のアリバイ

右京はロンドンで殺人事件の捜査に協力することに。被害者宅の防犯カメラには一五〇キロ離れた所にいる奇術師の姿が。不可能犯罪を暴けるか？

碇　卯人

杉下右京の多忙な休日

杉下右京は東大法学部時代に知り合った動物写真家・パトリシアに招かれてアラスカを訪れる。そこでは人食い熊による事件が頻発しており……。